名作童謡

野口雨情…100選

名作童謡　野口雨情100選

春陽堂

目次

童謡100選

凡例

一、本書では野口雨情の童謡から一〇〇編を選んだ。
・童謡の本文は『十五夜お月さん』(一九二一 尚文堂)、『青い眼の人形』(一九二四 金の星社)、『蛍の燈台』(一九二六 新潮社)、『朝おき雀』(一九四三 鶴書房)を底本にした。
・右に未収録の童謡は初出形を底本にした。初出形によらない場合はそのつど明記した。
・底本の明らかな誤りなどは校訂した。
二、童謡は『定本 野口雨情』第三〜四巻(一九八六 未来社)にほぼ準拠して、次のように配列した。
・童謡集ごとにまとめ、その刊行順に配列した。
・同じ童謡集に収録の童謡は掲載順に配列した。
・童謡集に未収録の童謡は発表順に配列した。
三、童謡の本文の漢字は新字体とし、かなは現代かなづかいとした。
四、ルビは特殊な読みや難読・誤読のおそれのある語にのみつけた。個々の童謡の中では、原則として最初に登場する語にのみつけた。

童謡100選

蜀黍畑《もろこしばたけ》

お背戸の　親なし
はね釣瓶《つるべ》
海山《うみやま》　千里に
風が吹く
蜀黍畑も
日が暮れた

童謡集『十五夜お月さん』（一九二一尚文堂）に収録。初出は一九二〇（大9）年六月号の「金の船」である。藤井清水［きよみ］のほか、金田一春彦などの曲がある。宇都宮市鶴田の羽黒山頂ほかに碑がある。

雨情の提唱した《郷土童謡》のなかで、もっとも代表的な童謡のひとつ。二行四連の構成で、四・四・五のリズムがここち良い。ここでは、晩秋の夕暮れどきの田園風景のなかに孤独な子どもの心情が描かれ、濱田廣介によって《日本詩歌の絶唱》と評された。

「お背戸」は家の裏口または裏手のこと。ここでは裏手を意味している。「はね釣瓶」は片端に石などをつけ他の端に釣瓶をつけた横木を柱でささ

鶏　さがしに
往《い》かないか。

え、石などの重みで釣瓶を跳ねあげて井戸から水を汲むしかけのこと。「海山　千里」は詩歌の常套句である。「蜀黍」は《唐黍》とも書く。コーリャン類またはトウモロコシのこと。ここでは秋の季語でもあるトウモロコシのことか。雨情の故郷である茨城県北茨城市の磯原には、かつて生家のちかくに広いモロコシ畑があった、という。

――唐黍畑はさわさわと野分けが吹いて、日も早や暮れようとしておるのに、鶏はまだ帰って来ない。お背戸の井戸端のはね釣瓶よ、お前も親なしの一人ぼっちで、さぞ、さびしいだろう、私と一緒に鶏をさがしに行かないかという、気持を歌ったのであります。

雨情は『童謡と童心芸術』(一九二五　同文館)で、このように解説している。「親なし／はね釣瓶」の意味がよ

くわからない、と悪口をいわれることもあるが、むしろこれだけの内容を極限まで言葉を切りつめて表現した雨情の手腕を褒めるべきだろう。

　ところで、むかしはニワトリを放し飼いにしたので、暗くなるまえに鳥小屋へ入れなければならなかった。多くの場合、それは子どもに割り当てられた仕事である。

　雨情の長男・野口雅夫が「没落をうたった『黄金虫』」（「太陽」一九七四年一月号）に書いているところによると、それは磯原の野口家でも同じことであった。雨情が縁側から雅夫にむかって「早く鳥小屋にいれな」と言ったものだ、という。

豊作唄

山椒《さんしょ》　山椒の木で
雀が啼いた
足で　山椒踏んで
山椒の木で啼いた
豆も　小豆《あずき》も
莢《さや》から　はしる

童謡集『十五夜お月さん』に収録。初出は一九二一（大10）年六月号の「金の船」である。童謡集への収録時に、第六連の「山椒　山椒の木で／山椒踏んで啼いた」をいまのように変えた。本居長世［もとおりながよ］の曲がある。

いうまでもなく、農民であれば誰でも豊作であってほしいと願う。これはそんな祈りを込めた予祝の唄である。収穫のあと、その年が豊作であったことに感謝する唄でもある。

また、創作民謡とも童謡とも受け取れるが、雨情にとってふたつのジャンルの唄の間には、ほとんど区別らしいものがなかったようだ。

「山椒」はミカン科の落葉低木で、

麦も　小麦も
みな　たれさがる

山椒　山椒の木で
雀が啼いた

山椒　山椒踏んで
山椒の木で啼いた

晩春に花をつけ、秋に熟した赤い実が割れて黒いタネが飛びだす。「はしる」は《飛び散る》《はじける》の意。「雀」は五穀豊穣の喜びの象徴であろうか。

　山椒の種がはじけるイメージから、豆や小豆のサヤがはじけるイメージへ、さらに豆や小豆がたわわに稔ってたれさがるイメージから、麦や小麦がたわわに稔って穂をたれるイメージへと転換していく。伝統的な豊作唄とはちがったイメージの連想と転換に、この唄のユニークさがある。

　なお、この童謡では「山椒」の音の繰りかえしが印象的である。雨情によれば、行末に位置する「で」「た」「も」「る」の脚韻にも注意したのだ、ともいう。

日《ひ》傘《がらがさ》

わかれた　母《かか》さん
日傘
物言うて　くだされ
日傘

お背戸に　風吹く
篠藪《しのやぶ》は
烏に　喰われた
烏瓜《すいかずら》

童謡集『十五夜お月さん』に収録。初出は一九二一（大10）年六月号の「金の船」である。本居長世の曲がある。

「日傘」は女性が日よけに用いる。ここでは和傘をイメージすべきだ。

――斯うした場合、日傘は生き物ではないからいくらそんなことを云っても、何も答えては呉れません、などと云って、児童の心に大きな黒い穴を開ける様なことをしては欲しくないものです。

雨情は『童謡教育論』（一九二三 米本書店）で、当時の教育界をこのように痛烈に批判している。

「お背戸」は家の裏手のこと。「篠藪」は篠竹の藪のことで、篠竹は細い竹の総称。「烏瓜」はふつう《からすうり》と読む。ウリ科のつる性の多年草。夏に白い花が咲き、秋から冬にかけて大きな楕円形の実が黄から赤に熟す。名前は唐朱瓜〔からしゅうり〕に由

母さん　わたしも
日傘
物言うて　くだされ
日傘。

来する、ともいう。「すいかずら」はふつう《忍冬》と書く。スイカズラ科のつる性の木。夏に白い花が咲き、秋から冬にかけて実が赤から黒に変色する。

詩人の横瀬夜雨「よこせやう」は、烏瓜は忍冬ではないからと、雨情の《意味なき言葉の羅列》を批判した。だが、雨情はカラスウリではは語呂が悪いからスイカズラと読んでおいたまでである。カラスウリがカラスに喰われるという発想はいかにも子どもらしく、捨ててしまうには惜しい。だから、「烏瓜「すいかずら」」は独自の造語として許容されるべきではないだろうか。

ちなみに、雨情は最初の妻・ひろと協議離婚したので、ふたりの子どもは実際に「わかれ」を体験した。もとより詩句の「わかれ」を両親の離婚と決めつけるのは乱暴だが、童謡のなかに描かれている子どもの孤独感と寂寥感の高まりは尋常なものではない。

九官鳥

九官鳥に
君が代唄わせよう
「千代に八千代」に
唄わせよう
鸚鵡《おうむ》に
君が代唄わせよう
「巌《いわお》となりて」と
唄わせよう

童謡集『十五夜お月さん』に収録。初出は一九二一（大10）年三月号の「金の船」である。「君が代」のメロディーを巧みに活かした本居長世の曲がある。

「九官鳥」はムクドリ科の鳥。体長三〇センチほどで、体色は黒く、くちばしと足が黄色い。人の声や他の種類の鳥の啼き声のものまねがうまい。「鸚鵡」はオウム科のうち大型の鳥を総称していう。体色は白・黒・赤・黄など鮮やかで、九官鳥と同じくものまねがうまい。

九官鳥や鸚鵡に「君が代」を歌わせよう、という発想が面白い。雨情はこのアイデアについて『童謡と童心芸術』のなかで、子どもが仲よしの九官

わたしも
君が代唄いましょう
「レ・ド・レ・ミ・ミ・
ソ・ミ・レ」と
唄いましょう。

鳥や鸚鵡と「君が代」を歌ってのどかにあそんでいる平和な心もちを歌った、という意味のことを書いている。ただし、唄が「君が代」であるのは、皇運無窮「むきゅう」を九官鳥や鸚鵡すらも謳歌しているという暗示を一般児童たちに感じさせたい、と考えたからだという。

雨情は野口家が楠正季「くすのきまさすえ」の末裔「まつえい」に当たる旧家であり、代々水戸徳川家に仕えた勤王の家柄であることを誇りにしていた、という。雨情の皇運無窮（皇室の勢威が永遠に続くこと）という言葉は、自らの出自への素朴な誇りからでた思いであろう。

信田《しのだ》の藪《やぶ》

お背戸の　お背戸の
赤蜻蛉《とんぼ》
狐の　お噺《はなし》
聞かせましょう
糸機《いとはた》　七年
織りました
信田の　狐は
親狐《ぎつね》

童謡集『十五夜お月さん』に収録。初出は一九二〇（大9）年五月号の「金の船」である。童謡集への収録時に、タイトルを「お脊戸「せど」の藪」からいまのように、二行一連の構成をいまのように、それぞれ変えた。第一連の「狐のお噺／致しましょう」もいまのように変え、さらに初出になかった第三連全体を書き足して、《家の裏手の信太の森で子どもを見守っているよ》と、わが子を想う親狐の気もちを強調している。藤井清水の曲がある。

「お背戸」は家の裏手のこと。「糸機」は布を織る器具一式である。

「狐の　お噺」とは、浄瑠璃や歌舞伎などで知られる《葛の葉伝説》のことだ。「信田」はいまの大阪府和泉市あたりで、《信太》とも書く。

——陰陽師「おんみょうじ」の安倍保名「あべのやすな」が武士に追われた白狐を助ける。白狐は保名の妻・葛の葉

信田の　お背戸の
ふるさとで
子供に　こがれた
親狐

お背戸の　お背戸の
赤蜻蛉
明日《あした》も　お籔に
来てとまれ。

姫に姿を変え、ふたりは阿倍野（いまの大阪市阿倍野区あたり）に隠れ住む。やがて子どもまでもうけたが、本物の葛の葉姫が保名を探し求めて阿倍野にまでやってきた。正体を見破られた白狐は「恋しくば尋ね来て見よ和泉なる信太の森のうらみ葛の葉」という短歌をわが子に残して姿を消す。子どもは長じて名高い陰陽師の安倍晴明［あべのせいめい］になった。

　そんな哀しい子別れの物語である。

——物語をおばあちゃんかお母さんに聞いてかわいそうに思った子どもが、いつもお背戸の藪に来てとまる赤とんぼに、そのかわいそうなお話をしてあげようという、子どものやさしい気持ちをうたったものです。

　雨情の弟子に当たる古茂田信男は『七つの子 野口雨情 歌のふるさと』（一九九二 大月書店）で、このように解説している。

虹の橋

あっちの町と
こっちの町と
太鼓橋《たいこはし》かけた
赤い草履《ぞんぞ》はいて
みんなで渡ろう
あの子も　渡れ

童謡集『十五夜お月さん』に収録。初出は不詳である。

　この童謡について、雨情は『童謡と童心芸術』で、おおよそ次のように解説している。

　――雨上りの夕暮方、美しく懸っている大きな虹をながめながら、子供たちが、太鼓橋のようにかかっているあの虹の橋を渡ろうじゃないか、虹の橋は高いからみんなで仲よく手を引きあって渡ろうじゃないかという心持を謡〔うた〕った。田舎の夕ぐれ時の平和さが虹の橋によって、子供たちに天国の美しい憧憬を与える。

　また、雨情は『童謡と児童の教育』（一九二三　イデア書院）で、子どもたちが虹をながめて歌うことは森羅万象ただ渾然として自分達と融化したものとしか見えない、という意味のことを書いている。

　草履を《ぞんぞ》というのは幼児言

この子も　渡れ
仲よく渡れ
虹の橋　高いぞ
手手ひいて渡れ。

葉で、「手手」も同様である。雨情は『童謡十講』(一九二三 金の星出版部)で、幼児言葉を適当なところへ適当に使うと言葉が生動して来る、という意味のことを書いている。

なお雨情の童話に「虹の橋」(一九二一年五月一四～二〇日「東京朝日新聞」)がある。ふたりの女の子が仲たがいしたあと、ひとりが機織「はたおり」工女に売られて死ぬと、もうひとりが虹の橋を渡って跡を追うというストーリーだ。

この童話のなかに「湖「こすぃ」の上さ／天まで続く／虹の橋かけた／／ふりわけ髪の／二人の子供／渡って行った／／赤い下駄「かっこ」はいて／赤い草履「ぞんぞ」はいて／手々ひいて行った」という唄が挿入されている。

トマト畑

雨降り雲《ぐも》は
なぜ来ない
トマト畑が
みな枯れる

トマト畑に
太陽《おひさま》は
じりり〱と
照らしてる

童謡集『十五夜お月さん』に収録。初出は一九一九（大8）年一一月号の「こども雑誌」である。新飼重子の曲がある。

日照りのまえでは、人間は無力である。農民のできることは、トマト畑をながめながらひたすら雨の降ることを天に祈ることでしかない。むろん、枯れるのはトマト畑ばかりではない。トマトは総ての農作物の象徴である。そうした土に生きる生活者の悲壮な心境を、七・五・七・五音による四行・四連の形式で歌いあげている。雨情のいう《郷土童謡》の特徴がたいへんよく現れた童謡である。

ところで、これは雨情が『童謡と児童の教育』ほかで紹介していることだ

雨降り雲は
なぜ来ない
トマト畑が
みな枯れる
トマト畑の
百姓は
赤いトマトを
眺めてる。

が、ある女学校の生徒がこの童謡について次のような質問をしたという。

――先生、トマト畑が枯れるとは可笑［おか］しいではありませんか。畑が枯れるというようなことは無い筈［はず］です。

この質問に答えて雨情は、如何［いか］にも畑は生物でないから枯れるようなことは決してない。だが、《山が枯れた。山が焼けた。山が青くなった。》というような言葉は、日常、誰にも分ることであり、誰も使用している言葉である。童謡は科学的説明を超越したものであり、頭で行くべきものでなく、飽くまでも素直な心で行くべきものだ、という意味のことを書いている。

烏と地蔵さん

石の地蔵さん
居ねむりしてた
にこり〱と
居ねむりしてた
烏ァとき〲
団子見て啼いた

童謡集『十五夜お月さん』に収録。初出は一九二一（大10）年四月号の「小学少女」と思われる。

カラスはおそらく地蔵さんのお供えを盗る常習犯だ。しかし、石の団子では盗っても食べられず、ただ啼くしかない。悪役イメージのあるカラスだが、ここではひょうきんな面が強調されている。「駄目団子」は雨情の造語であろう。

「石」「居」の頭韻と「た」の脚韻にのせて、どこにでもある日本の農村風景が描かれ、うららかな春の陽光が感じられる。

なお、雨情は『童謡と児童の教育』のなかで、愛郷心と郷土童謡の関係について、次のように書いている。

――忠君愛国は小さくしては愛郷心であります。愛郷心は忠君愛国の土台であります。（中略）自分の故郷を愛する心は、故郷の風物に親しむことに

石の団子で
盗《と》っても駄目だ
石の地蔵さん
駄目団子もってた
にこり〱と
駄目団子もってた。

根ざします。故郷の風物に親しむことは、故郷の風物を知ること、詩として味うことに根ざします。

　つまり、この童謡のような光景は田舎へ行けばざらに見られるが、多くの田舎の子どもは何の感じも持たずに過ごしてしまうだろう。だから、郷土を愛する心は郷土の風物の詩的味いを知ることによって哺「はぐく」まれるのだ。

　雨情は郷土童謡の意義について、おおよそこのような結論を導きだしている。

　これを端的にいうと、郷土の《発見》である。郷土童謡によって郷土が再発見され、郷土の再発見を通じて愛郷心が育まれるということだ。

　日本の童謡の歴史においては、雨情童謡によって郷土が再発見された、という評価を下すことができる。

冬の日

（茨城でうまれた文《ふみ》ちゃんの唄）

ここの屋敷は
空《あき》屋敷
文ちゃんうまれた　茨城の
元の屋敷も
空屋敷

ここの畑は
桐畑《きりばたけ》

童謡集『十五夜お月さん』に収録。初出は一九一九（大8）年一二月号の「金の船」である。初出誌には「賢くて、皆に可愛がられた文ちゃんは、去年の十二月母〔おかあ〕さんにわかれ、今は信濃の国におります今年七歳〔ななつ〕の少女です」という註釈がある。童謡集への収録時に、第三連四行目の「茶屋の娘も」を「お夏娘も」に変えた。

「桐畑」は樹木の桐を植えた畑のこと。むかし、旧家では娘が生まれると桐の苗木を植え、娘の嫁入りどきに伐採してタンスなどをあつらえる習慣があった。「日和下駄」は晴れた日にはく歯の低い差し歯のゲタのことである。

文ちゃんうまれた　茨城の
背戸の畑も
桐畑

ここの姉《あね》さん
日和《ひより》下駄《げた》
文ちゃんうまれた　茨城の
お夏娘も
日和下駄

ここの柱は
木の柱

この童謡では、「文ちゃん」「お夏」「茨城」と、名前や地名を具体的に書いたところが良い。生まれたときからずっと住み慣れた家屋敷に別れを告げた子どもの哀感を、一般論としてではなく、具体的に感じ取ることができるからだ。

——第一連から第四連まで、切り抜いて重ねると、ぴたっと同型になるようなこの謡には、独特の快い響きがある。しかし、無内容で雨情のいう「空零〔くうれい〕」なものになってしまったことは事実である。

藤田圭雄は『日本童謡史』（一九七一　あかね書房）で、おおよそこのような内容のことを書いている。だが、子どもの哀感を切々と描いたこの童謡を「無内容」で「空零」とまでいうことは、適当でないように思う。

ちなみに、初出の註釈にある「去年の十二月」云々はフィクションだ。し

文ちゃんうまれた　茨城の
元の御門《ごもん》も
木の柱

かし、茨城の「空屋敷」といえば、茨城県多賀郡北中郷村磯原（現・北茨城市）にあった野口家の屋敷のことが連想される。地元の人びとから《磯原御殿》と呼ばれるほど豪壮な屋敷であったが、家運が衰えて借財の抵当に入っていた。のちに、最初の妻・ひろの実家・高塩家の援助を得て借財の整理がつくまで、炭鉱会社の社長に貸すなどしていたという。

雲雀《ひばり》の子とろ

こをとろことろ
田甫《たんぼ》の中の
雲雀の子とろ

畑の中に
菜種《なたね》の花は
ならんで咲いた

童謡集『十五夜お月さん』に収録。初出は一九二〇（大9）年四月号の「金の船」で、タイトルの下に「(遊戯唄)」とある。童謡集への収録時に、第二連の「一二三四〔ひーふーみーよー〕／菜種の花は／パラリと咲いた」を「畑の中に／菜種の花は／ならんで咲いた」に、第三連の「後から咲いた／豌豆の花も／パラリと咲いた」を「厩の背戸の／豌豆の花も／ならんで咲いた」に変えた。

「こをとろことろ」は「子とろ子とろ どの子をとろう／この子をとろうあの子をとろう…」の伝統的な《子取り遊び》の唄からヒントを得た詩句だ。

――在来のこの遊戯唄は、人の子を奪い捕ろうという意味が含まれていて、教育上面白くないと思われましたから、これを雲雀の子にしたのであります。そしてどこまでも、のどかな春の感じをより多く盛るために菜種の花

厩《うまや》の背戸の
豌豆《えんどう》の花も
ならんで咲いた

こをとろことろ
親父は留守だ
雲雀の子とろ。

や、豌豆の花を取合わせて気分をたすけたのであります。

　雨情は『童謡と童心芸術』で、このように説明する。さらに続けて、雲雀の子を捕ることは雲雀の子を殺傷することではなく、雲雀の子を掬［すく］いあげる軽い意味で愛の心が含まれる、という意味のことを書いている。

　しかし、これでは説明を超えた弁明になってしまっている。だから、親ヒバリの留守に子を捕ろうという意味だ、と素直に解釈しておきたい。「雲雀」はスズメよりやや大きいヒバリ科の野鳥で、春になると草原や農耕地などの地上に営巣するが、巣をみつけるのは意外に難しい。子どもたちには《可哀想なことはせず、歌うだけにしておきなさい》と指導すれば事足りるはずだ。

　「菜種の花」はアブラナのこと、「豌豆」はエンドウマメのことで、どちらも春に花が咲く。

十六角豆《ささげ》

胡麻の木畑《ばたけ》は
皆《みな》　はねた
十六角豆も
皆　はねた
雀が　畑に
かくれてる

童謡集『十五夜お月さん』に収録。初出は一九二〇（大9）年七月号の「金の船」である。

「胡麻の木」はゴマ科の一年草で、秋の季語。高さおおよそ八〇センチで、全体に毛が密生し、秋に筒状のサヤが熟すと種子がはじけ飛ぶ。「十六角豆」は《十六大角豆》とも書く。マメ科の一年草で、秋の季語。サヤは三〇～九〇センチと大型で、通常は若いサヤを食用にする。「鉄漿とんぼ」はふつう《はぐろとんぼ》と読み、《羽黒蜻蛉》とも書く。カワトンボ科のトンボで、体長は五～六センチ。羽が黒いので、歯を染めるお歯黒（お鉄漿）からこの名がついた。《鉄漿》を《かねつけ》と読んで、《カネツケトンボ》ともいう。

初出では「胡麻の木／畑は／皆はねろ」云々と三行ずつ四連の構成であったものを、童謡集への収録時にいまの

鉄漿《おはぐろ》とんぼに
話して来《こ》。

構成に変えた。これは四・四・五のリズムから、四・四を併せてより単純な八・五のリズムに変更し、流れるように軽快なリズム感を強調したものだろう。

この童謡は日本のどこにでもありそうな秋の農村風景を描いて、技巧らしいものをあまり感じさせない。だが、実際には漢詩でいう起・承・転・結を意識しているように思う。

《起》でゴマのタネがはじけ飛ぶイメージを描き、《承》でジュウロクササゲのマメがはじけ飛ぶイメージへと連想を拡げ、《転》で畑にこぼれたタネやマメを狙うスズメにイメージを転じ、《結》で意外性のあるハグロトンボを登場させて、そのトンボに話して来いと、いかにも子どもらしい発想で全体を締めくくった。無技巧の技巧ともいうべき雨情のテクニックが冴え渡っている。

鵞鳥《がちょう》

鵞鳥に腹《はら》掛《が》け
かけさせて
みんなで遊びに
つれてゆこ

玩具屋《おもちゃ》の表は
駈けて通ろ
みんなで　ならんで
駈けて通ろ

童謡集『十五夜お月さん』に収録。初出は一九二一（大10）年三月号の「金の船」である。

「鵞鳥」は水鳥のガンを飼い慣らした大型の家禽で、食用または愛玩用に飼育する。尻をふりふり地面をよちよち歩きする姿がなんとも愛らしい。

「腹掛け」は前面に大きな物入れをつけ職人などが着用する衣服、または幼児が寝冷えしないように衣服の下に着ける衣服のこと。ここでは幼児用の衣服だろう。胸から腹をおおい、ひもを結んでとめる。

そんな腹掛けをガチョウにかけさせて、子どもたちといっしょに歩かせようというところに、雨情のユーモア精神が現れている。

鵞鳥も一緒に
駈けるだろ
長い頸《くび》ふりふり
駈けるだろう。

ところで、この童謡は、いたずらっ子たちが遊びにゆこうと声をかけあう会話をそのまま童謡に仕立てあげる、という趣向になっている。

これに関連して、雨情は『民謡と童謡の作りやう』（一九二四　黒潮社）で、次のように書いた。

――彼等がお友達と話す時、又、お父さん、お母さんと話す時に用いる言葉そのままで唄ってやらなくてはなりません。

この童謡には初出誌・童謡集の初版・童謡集の第一〇版の間で、それぞれ少しずつ微妙な改作があって、子どもの自然な言葉を描ききることに、雨情がいかに精力を注いだかがわかる。

山椒《さんしょ》の木

田圃《たんぼ》の　田圃の
山椒の木
上総《かずさ》は　鰮《いわし》の
大漁だ
おいらが　父《とと》さん
いつ帰る

童謡集『十五夜お月さん』に収録。初出は一九二〇（大9）年八月号の「金の船」である。本居長世のほか、平岡均之の曲がある。

　父さんは上総の海辺の漁師町へ、出稼ぎにでもいっているのだろうか。

　おそらくは田圃の畦道あたりに生えている山椒の木に、《おいらの父さんはいつ帰ってくるのか》と訊ねている。何気ない小品だが、父さんを待ちわびる子どもの気もちが、よく現れている。

　「上総」はむかしの国名で、いまの千葉県中部のあたりのこと。イワシはいまでも九十九里浜の名物である。江戸時代に上方から地引き網の漁法が伝えられてから、特にイワシ漁が盛んに

聞かせて　くれぬか
山椒の木。

なった。
　なお、むかしはイワシは食用として
より、田畑の肥料として用いられるこ
とのほうが多かった。

烏の小母《おば》さん

烏の小母さん　機織《はた》ってた
チンバタ　チンバタ
機織ってた
木綿の腹掛《はらがけ》　機織ってた
泣く児に
腹掛買ってやれ

童謡集『十五夜お月さん』に収録。初出は一九二〇（大9）年二月号の「金の船」である。童謡集への収録時に、タイトルを「烏の伯母さん」からいまのように変えた。

「チンバタ」というオノマトペ（擬態語・擬声語）の繰りかえしが活きている。

また、第一連と第三連は完全な繰りかえし、第二連と第四連はほぼ同じ詩句の繰りかえしという構成になっている。繰りかえしが多いのは、調子を重視した雨情童謡の特徴のひとつである。

「腹掛」は幼児が寝冷えしないように衣服の下に着ける衣服。「更紗」は多彩な模様を手描きか型を用いて染め

烏の小母さん　機織ってた
チンバタ　チンバタ
機織ってた
更紗《さらさ》の綿入　機織ってた
泣く児に
綿入買ってやれ。

た綿の布のこと。「綿入」は裏をつけて綿を入れた防寒用の衣服のことである。

　この童謡では、カラスの小母さんが一所懸命に機織りしたのだから、できあがった衣服を買いあげてやれ、という子どもの優しい気もちが描かれている。

　ふつう機織りといえばスズメであるが、ここではカラスである。しかも、カラスが自分の子どもや家族のために布を織るのではなく、職業として機織りに従事している。そこに発想のユニークさがある。

汐がれ浜

ペン〱草《ぐさ》は
どこまでのびる

港の雨は
パラ〱雨だ

汐がれ浜の
小笹《こざさ》にたまれ

童謡集『十五夜お月さん』に収録。初出は一九二〇（大9）年六月号の「金の船」である。

初出では「ペンペン草は／どこまで／のびる」云々と、三行ずつ四連の構成であったものを、童謡集への収録時にいまのような二行ずつ四連の構成に変えた。七・四・三のリズムから、四と三を併せてより七・七の単純なリズムに変更し、韻律のうえからもこの童謡の素朴な味わいを強調したのだろう。

「ペンペン草」はアブラナ科の野草のナズナのこと。春の七草のひとつで、いたるところに生える。「汐がれ浜」は、引き潮で広く現れた浜辺のこと。日本のどこにでもある海辺の田舎の風景である。

小笹もゆれろ
港もゆれろ。

藤田圭雄は『日本童謡史』で、雨情は詩才を発揮して、これだけのことばでこれだけ緊密なイメージを鮮やかに描きだした、と高く評価した。その一方で、第三連にはもうひとつの飛躍が必要だし、第四連にもイメージの変化がほしい、という意味のことを書いている。

たしかに第三連の「小笹にたまれ」や第四連の「小笹もゆれろ」は少し平凡かもしれない。

だが、締めくくりの最終行を「港もゆれろ。」とまとめたところは、雨情ならではの発想だ。もとより港がゆれるはずはないが、降る雨によって港がゆれるようにも感じられる。そんな降雨のさまを「港もゆれろ」と表現するところに、新鮮な言葉の煌「きらめ」きがある。

鈴虫の鈴

鈴虫　鈴虫
チンチロリン
鈴　どこから持って来た

母《かか》さんお嫁に
来るときに
番頭《ばんと》に負《しょ》わせて持って来た

童謡集『十五夜お月さん』に収録。初出は一九一九（大8）年一一月号の「金の船」である。初出誌に北村季晴〔すえはる〕の曲譜が掲載されている。本文とは別に曲譜に附された歌詞には、各連の行頭に「（子供）」または「（鈴虫）」という註が添えられているので、この唄を歌劇ふうに歌いわけて欲しいという意識が働いていたようだ。

鈴虫が鈴を鳴らすという発想は、まぎれもなく子どもの発想で、軽妙でナンセンスな面白味にあふれた童謡だ。同じ発想は、「鈴をなくした／鈴虫は／鈴をさがしにいきました…」という雨情の童謡「鈴なし鈴虫」（童謡集『青い眼の人形』に収録）にも、みることができる。

鈴虫は子どもから鈴を「貸してみろ」といわれて、「番頭に負わせてやっちゃった。」といいかえす。むろ

鈴虫　鈴虫
チンチロリン
鈴　ちょっくら貸してみろ

貸したら返さぬ
あーかんべ
番頭に負わせてやっちゃった。

ん、子どもは本気で鈴を貸せといっているわけではないし、「やっちゃった。」も鈴虫の言い訳にすぎない。そもそも「母さんお嫁に／来るときに…」自体が、真実ではあるまい。お互いに相手のいうことがウソだと知っていながら、軽口を楽しんでいるのだ。伝承わらべ唄には「烏烏　何処〔どこ〕さ行ぐ…」式の軽口の掛けあいがよくみられるが、この唄もそんなあたりからヒントを得たのであろうか。

　ところで、大正期の芸術的児童雑誌のうち、「赤い鳥」は徹底した共通語主義であり原則として方言を載せなかったが、「童話」や「金の船」（のち「金の星」）は方言を活かして、活きいきとした文章を載せた。雨情は『童謡作法講話』（一九三四　米本書店）で、「鈴ちょっくら貸してみろ」は勿論のことすべてが茨城地方の郷土語であります、という意味のことを書いている。

みそさざい

ちッ　ちッ
啼いてる
鷦鷯《みそさざい》
畑に
赤牛
立ってたぞ

童謡集『十五夜お月さん』に収録。初出は一九二〇（大9）年二月号の「金の船」である。

「鷦鷯」はミソサザイ科の野鳥。地味な茶色で、体長一〇センチほど。冬は人里に現れ、尾をたてて活発に飛びまわる。冬の季語。繁殖期には《ツィリリリ》などと複雑にさえずるが、ふだんは《チッ、チッ》と啼く。

「赤牛」は和牛の一種で、体毛に赤味がかかっている。

「雨こんこ」または《雨こんこん》は、伝承わらべ唄の常套句。「雨コンコン、雪コンコン…」と、雪と組みあわされることが多く、雨よりもむしろ雪を待ちわびて歌われる唄のようだ。

この童謡では、言葉を極限にまで切

雨こんこ
パラ〳〵
降って来た
傘《からかさ》
ささせる
こっちへ来《こ》。

りつめ、余分な修飾がすべて取り去られている。

短く軽やかなリズムに加えて、「ちッちッ」「パラ〳〵」というオノマトペからは動きを感じる。「傘／ささせる／こっちへ来。」という結びの発想は、まぎれもなく子どもの発想だ。

――冬の冷たい雨がパラパラ降ってくる。さあ、ミソサザイよ、赤牛よ。このオレが傘をささせてやるぞ。遠慮しないでこっちへ来い。

そんな優しい農村の子どもの気もちを、いかにも童謡らしく素直に描ききった秀作である。雨情童謡の良いところを集約したような童謡だといえよう。

象の鼻

象に猿衣《ちゃんちゃん》　着せたら
うれしがろナ
赤い帽子　かぶせたら
うれしがろナ

象に靴　はかせたら
あるきだそナ
象の足　太いから
重たかろナ

童謡集『十五夜お月さん』に収録。初出は一九二一（大10）年二月号の「金の船」である。童謡の本文は底本のままではなく、「象に靴」と「はかせたら」の間に空白をつけ加え、形式を整えた。本居長世の曲がある。

この童謡では各行の終末に「ら」と「ナ」を配し、脚韻ふうに使用している。

「象の鼻 長いから／日が暮れるナ。」というツボをおさえた締めくくりは秀逸だ。象の眼は小さいので、ねむそうに見えるから「ねむたかろナ」という理屈はわかる。それはわかるにしても、象の鼻が長いとなぜ日が暮れるのかは、さっぱりわからない。それでいて、なんとなく納得させられてしまう

象の眼は　小《ち》さいから
ねむたかろナ
象の鼻　長いから
日が暮れるナ。

から不思議なものだ。おそらく、行末を軽快な調子の「ナ」でたたみ込まれていくうちに、理屈を超えたなんともナンセンスな論理につい引き込まれてしまうのだろう。

　ふつう「猿衣」を《ちゃんちゃん》とは読まないので、雨情の造語だろうか。《ちゃんちゃん》は《ちゃんちゃんこ》で袖なしの羽織のこと。ゾウにチャンチャンコを着せようとか、靴をはかそうというアイデアが面白い。

　ゾウは生活に密着した動物ではないが、子どもはゾウが大好きだ。空想性の強い童謡だから、想像することの楽しさを味わいたい。

　なお、雨情はこの童謡を載せた翌月号の「金の船」に「鵞鳥」を載せた。ここでは、ガチョウに腹掛けを着せて歩かせよう、というアイデアが面白い。

四《よん》丁目の犬

一丁目の子供
駈け駈け　帰れ
二丁目の子供
泣き泣き　逃げた
四丁目の犬は
足長犬だ

童謡集『十五夜お月さん』に収録。初出は一九二〇(大9)年三月号の「金の船」である。本居長世の曲がある。常磐自動車道の中郷サービスエリアに碑がある。童謡集への収録時に、「一丁目の子供/駈け 駈け/帰れ」云々と三行四連の構成であったものをいまのように変えた。童謡をより短く凝縮させようと考えたのかもしれない。

雨情は田園の風景とそこで暮らす子どもたちを描いて、郷土童謡の作風を確立した。都会に生まれた子どもたちにとっては都会こそが郷土であるから、この童謡も郷土童謡のひとつなのだ。

詩人のサトウ・ハチローは『ボクの童謡手帖』(一九五三 東洋経済新報社)で、《二丁目の子供と二丁目の子供がケンカをした童謡だ》という意味の解説をしているが、これでは四丁目の「足長犬」の意味がわからない。

「足長犬」とは、足の長い犬のことで

三丁目の角《かど》に
こっち向いていたぞ

ある。雨情の童謡劇「二匹の犬と少女」（「金の船」一九二二年一月号）のなかに「犬の歩くはほんとに／早いのね」「犬の足『あんよ』は長いから／早いんだわよ。」というセリフがあって、足が長いと走るのも速いというわけだ。

――よく吠えるあの四丁目の犬が三丁目の角でこっちの方を見ているから、一丁目の子供たちも二丁目の子供たちも吠えられないうちに急いでお家へかえんなさいという町中でよくあるこうした事をうたったのであります。

雨情は『童謡と童心芸術』のなかで、このように解説している。

つまり、四丁目の犬は足が速い。その犬が三丁目で二丁目や一丁目の方を見ているから、危機は迫っている。二丁目の子どもは余裕がないから、もう泣き泣き逃げた。一丁目の子どもは少し余裕があるが、大急ぎで駆けて帰れ、という情景を描いた童謡なのだ。

柿

五兵衛《ごへえ》さん娘《むすめ》が
柿　持ってた
おいらに見せ見せ
柿　持ってた

隣の　ぼんちも
柿　持ってた
おいらに見せ見せ
柿　持ってた

童謡集『十五夜お月さん』に収録。初出は不詳である。

「ぼんち」は《坊ち》とも書いて、坊ちゃんのこと。「草端の蔭」とは《草葉の陰》などとも書いて、墓の下のこと。転じてあの世の意味である。

雨情は『童謡作法問答』（一九二一　交蘭社）で、この童謡についておおよそ次のように書いている。

——お母さんに死なれて後に残った子供が、他家「よそ」の子供の持っている柿を見て、ふと死んだ母さんの事を思い出して訴えている。

五兵衛さんの娘さんや隣の坊ちゃんは何も柿を見せつけるつもりはないだろうが、それを「おいらに見せ見せ」と感じるところがあわれである。「お

柿　買って食べたい
銭《ぜんぜ》　おくれ
向うの小母《おば》さん
銭　おくれ

おいらが母《かか》さん　なぜ死んだ
おいらにだまって　なぜ死んだ
草端《くさば》の蔭から
柿　おくれ。

いらが母さん なぜ死んだ／おいらにだまって なぜ死んだ」というイメージの転じ方もみごとだ。
　ただ、「草端の蔭から／柿　おくれ。」という締めくくりは、あまりに直截的な表現でありすぎる。一種のブラックユーモア的な面白味もないではないが、もうひと工夫あったほうが良かったかもしれない。

糸切

糸切虫に
どの糸切らしょう
ほぐれた糸を
よりより切らしょう
糸切虫は
赤い糸切った

童謡集『十五夜お月さん』に収録。初出は不詳である。

「糸切虫」はカミキリムシ科に属する甲虫の地方名だろう。この虫はするどく髪の毛や紙を嚙み切るので《髪切虫》《紙切虫》《嚙切虫》などの名称がつけられているようだ。同じ発想で糸を切るから、各地で《イトキリムシ》とも呼ばれている。

ほぐれた糸を《よりより》と切らせようとか、小さな口で《ぽきん》と切らせようというオノマトペに面白味がある。

——お母さんが針仕事をしているところに子どもが糸切虫を持って来たので、お母さんは糸切虫に糸を切らせた。子どもはそれを喜び、お母さんは

小さな口で
ぽきんと切った。

子どもの喜ぶ顔を見て喜んだ。そんな邪気のない子供と、無心で糸を切る糸切虫と、お母さんとの三人の平和な姿をうたったのがこの童謡だ。

雨情は『童謡と童心芸術』で、この童謡についておおよそこのような説明をしている。

蛼《こおろぎ》

ころ〱　ころ〱
蛼が
ころ〱　ころ〱
鳴いている

風呂場で　風呂炊く
風呂の火が
煙くて　煙くて
鳴いている

童謡集『十五夜お月さん』に収録。初出は不詳である。藤井清水の曲がある。

「蛼」は《蟋蟀》とも書く。コオロギ科の昆虫の総称で、秋の季語。古典文学ではこの虫を《キリギリス》と呼び、秋に鳴く虫は何でも《コオロギ》と呼んだ。

第一連と第三連は「ころ〱」というオノマトペを多用したうえ、まったく同じ詩句の繰りかえしになっている。これは雨情がよく用いる技法である。

第一連と第三連のようにコオロギが「ころ〱」と鳴くだけでは発想が平凡すぎる。そこで、第二連では「風呂の火が／煙くて 煙くて／鳴いている」

ころ〱　ころ〱
蛼が
ころ〱　ころ〱
鳴いている
甕《かめ》からこぼれた
甘酒《あまさけ》を
飲ませておくれと
鳴いている。

と、発想を転じた。いまでは薪で焚く風呂になどめったにお目にかかれないから、この発想はわかりにくいが、むかしはなぜか風呂の焚き口あたりでよくコオロギを見かけたものだ。

　雨情の民謡集『草の花』（一九三六　新潮社）にも、「蛼」と題する民謡がある。この民謡では「青い月夜だ／いとどの虫よ…」とあって、《いとど》はカマドウマの別名だ。江戸時代にはコオロギの一種とみなされていた。カマドウマなら竈「かまど」や風呂の焚き口にいても少しもおかしくない。してみると、童謡「蛼」で鳴く虫もコオロギではなくカマドウマなのだろうか。このあたりのことは、どうもよくわからない。

　第四連では「甕からこぼれた／甘酒を／飲ませておくれ…」と、さらに意外性のある発想に転じている。雨情ならではの鮮やかな手腕だといえよう。

お山の烏

カッコ〱帰れ
お山の烏
明日《あした》は　雨だ
カッコ〱帰れ
鳩ポッポ啼いた
ポッポ〱啼いた

童謡集『十五夜お月さん』に収録。初出は一九二〇（大9）年七月号の「金の船」である。中山晋平の曲がある。

カラスは山のなかなどのねぐらで集団をつくる習性がある。早朝に人里や町のなかなどに移動してエサをあさったあと、夕方にふたたび集団をつくってもとのねぐらへ帰る。こうした習性をとらえて、この童謡では《お山へ帰れ》と歌いあげているのだ。

「七つの子」を連想させるようなモチーフだが、この童謡の場合は調子の良さに重きが置かれている。ハトの啼き声を「ポッポ」と表現するのは類型的でも、烏の啼き声を「カッコ」と表現するのはユニークで効果的な使用法

お山の烏
カッコ〱帰れ。

だ。

雨情は『童謡作法講話』のなかで、この童謡のようにオノマトペを使用する技法を《擬声法》と呼び、擬声法によって日常使っている言葉ではいいあらわすことのできない気分をいいあらわすことができる、という意味のことを書いている。

なお、藤田圭雄は『日本童謡史』で、この童謡のオノマトペを囃子「はやし」ことば的なものととらえ、これは中山晋平の影響によるものかもしれない、と推定している。

鶏《にわとり》さん

雛《ひよこ》の母《かか》さん
鶏さん
鳥屋に買われて
ゆきました

大寒　小寒で
寒いのに
雛と　わかれて
ゆきました

童謡集『十五夜お月さん』に収録。初出は一九二一（大10）年一月号の「金の船」である。童謡集への収録時に、第二連の「親なし雛に／なりました」を「雛と　わかれて／ゆきました」などに変えた。本居長世の曲がある。

「鳥屋」とはニワトリを売買する商人のこと。おそらく、飼われていたニワトリが年をとってあまり卵を生まなくなった。そのため、農家を巡回して買いつけにくるなじみの鳥屋に売られたのだろう。むろん、鳥屋に売られたニワトリは解体されて鶏肉になる。

いまでは、スーパーで小ぎれいにパックされた鶏肉を買い求めるのが普通である。生きたニワトリの姿と鶏肉

雛に　わかれた
母鶏《ははどり》さん
鳥屋で　さびしく
暮すでしょう。

を結びつける機会は、ほとんどない。だが、むかしは農家でなくともニワトリを飼っている家が多く、つい先ほどまで子どもにエサをもらっていたニワトリが鶏肉になって食卓にのぼることなど、文字通りの《日常茶飯事》であった。

　鳥屋に買われていったニワトリの運命について、子どもたちは百も承知のはずだ。それをあえて、鳥屋に売られた母さんニワトリが「さびしく／暮すでしょう。」と表現したのである。

　たいへん哀しい子別れのシーンが淡々と描かれるが、それでも鳥屋に買われたニワトリの運命をあからさまには表現しない。そういうところに、生きものに対する優しい眼差しがうかがえる。

　別のいい方をすると、いかにも子どもの純真無垢な心を尊重する童心主義の童謡らしい、ということになる。

十五夜お月さん

十五夜お月さん
御機嫌さん
婆やは　お暇《いとま》とりました
十五夜お月さん
妹は
田舎へ　貰《も》られて　ゆきました

童謡集『十五夜お月さん』に収録。初出は一九二〇（大9）年九月号の「金の船」である。童謡集への収録時に、タイトルを「十五夜お月」からいまのように、四行一連の構成からいまのように、それぞれ変えた。本居長世が伝承わらべ唄「うさぎうさぎ」の旋律を活かした曲をつけている。雑誌掲載の年の一一月には、長世の長女・みどりが日本最初の本格的な少女歌手として舞台デビューし、「十五夜お月さん」ほかを歌って世の絶賛を受けた。東京都目黒区の目黒不動尊瀧泉寺ほかに碑がある。

——お母さんがなくなってしまわれたので、小さい妹は遠い田舎へ貰われて行ってしまったし、婆やもお暇を

十五夜お月さん　母《かか》さんに
も一度
わたしは　逢いたいな。

とって国へかえってしまってからは、自分一人がその後に残された淋しさを唱〔うた〕ったものです。それで十五夜のまんまるいお月さんを見ていると、何だか、お月さんに物言うてみたい懐かしさを覚えて「十五夜お月さん御機嫌さん」といったのでした。それからお月さんに尚もいろいろ悲しさを訴えたのです。

　雨情は『童謡作法問答』でこのように書いている。

　だが、この童謡に自伝的要素が反映していることもまた否定できない。雨情は一九一五（大4）年に最初の妻・ひろと協議離婚。そのまえには経済的な破綻から、野口家で雇っていた婆やたちも暇をとらせていた。

　雨情の長男・野口雅夫のエッセイ「没落をうたった『黄金虫』」によると、明るい月夜の晩に水戸の駅前の宿屋で母と別れたが、そのとき雅夫は父

の着物の袖をしっかり握りしめて母の後姿を見送ったという。

その後、兄・雅夫はひろの実家をめざして何度か家出をしたし、妹・美晴子は毎日を泣き暮らした。雨情はやむなく兄妹をひろの実家に預けたり、兄だけを雨情の妹夫婦に託したりしている。

古茂田信男は『七つの子 野口雨情歌のふるさと』で、雨情は子の母にたいする思慕の情がいかに強く憐れであるかを身をもって感じ、子にたいする憐愍「れんびん」の情を深くした、という意味のことを書いている。

鼬《いたち》の嫁入り

今夜は鼬の嫁入りだ
鼬に
長持貸してやれ
厩《うまや》の　うしろの
篠藪《しのやぶ》に
鼬が提灯《ちょうちん》つけていた

童謡集『十五夜お月さん』に収録。初出は一九二〇（大9）年一月号の「金の船」である。萱間三平の曲がある。

むかしから、イタチは人を化かすといわれてきた。しかし、嫁入りならキツネだろう。暗やみのなかに見える正体不明の青白い火を《キツネ火》という。そんな怪火がいくつも連なっているのを、嫁入り行列の提灯に見立てて、古くから《キツネの嫁入り》といいならわしてきた。冬から春にかけて見られることが多いようだ。

本来ならキツネの嫁入りとすべきところを、イタチの嫁入りとしたところに、意外性がある。それればかりか、イタチに「長持貸してやれ」「駒下駄貸してやれ。」と発想するところがユニークだ。《～してやれ》は、雨情が好んで用いる表現のひとつである。

「長持」は衣服や調度などを保存し

厩の　うしろの　篠籔は
霜《しも》枯《が》れ篠籔
おお　寒い

今夜は鼬の嫁入りだ
鼬に
駒《こま》下《げ》駄《た》貸してやれ。

ておくための長方形の箱。運搬にも用い、嫁入り行列にはつきものである。

「篠籔」は篠竹のヤブのこと。篠は茎が細く群生するタケやササの類である。のちのことだが、作家の住井すゑが『定本野口雨情』の「月報」３に書いているところによると、雨情がいまの東京都武蔵野市吉祥寺に建てた書斎《童心居》のまわりには、篠竹が植えられていて風情満点であった。ただし、のちに住井が訪ねてみたときには思いのほか太くて丈高に育ってしまっていた、という。

「駒下駄」は一つの材からくり抜いた下駄。各地に伝わる迷信に、日暮れどきに新しい下駄をおろすと狐に化かされる、というものがある。新美南吉の少年小説「狐」に、子どもがお婆さんから晩に新しい下駄をおろすと狐がつく、といわれる場面がある。

烏猫

烏猫　烏猫
眼ばかり光る
烏猫

のろり　のろり　歩いてる
ほんとに狡《ずる》い
烏猫

童謡集『十五夜お月さん』に収録。初出は一九一九（大８）年九月号の「こども雑誌」である。三木露風の紹介でこの雑誌に掲載された、という。童謡集への収録時に、第二連と第三連が入れかえられた。

「烏猫」は黒猫のこと。「矮鶏」はニワトリの品種のひとつ。小形で足が短い。

烏猫が物陰などに隠れて悪さをしようとしているときは、姿が見えにくい。だから、「眼ばかり光る」はきわめて的確な表現だ。

——どこか近所の飼い猫なのか、それとも野良猫なのか。いずれにしろ、うちの大事なチャボのヒヨコを捕ろうなどとは、とんでもない悪猫だ。ただ、「のろり のろり」と歩いているわりには、逃げ足が早くて、お仕置きをしてやることができないから、くやしくてくやしくて仕方がない。ところ

矮鶏《ちゃぼ》の雛《ひよっこ》　追っかけた
尻尾の長い
烏猫

厩《うまや》の背戸に
昼寝しろ
ぐう〳〵ぐう昼寝しろ

火箸が　ぐんにゃり曲るほど
たたいてやるから
昼寝しろ。

が、今日に限って、日ごろ恨み重なる烏猫が厩の裏で「ぐう〳〵ぐう」と昼寝をしているぞ。

　そんなことをあれこれ考えながら、烏猫の様子を息をひそめてじっと見守っている子どもの気もちが、きわめてリアルに表現されている。

　また、「火箸が ぐんにゃり曲るほど／たたいてやるから」という思いつきが、子どもらしくて面白い。火箸は日ごろ使っているうちに自然に火でなまされているので、案外、簡単に曲るものだ。しかも、《曲るまで》ではなく《曲るほど》である。棒でぶん殴ると怪我ぐらいですまないかもしれないから、火箸でたたいてやるぐらいが、お仕置きとしてはちょうどいい。

　腕白坊主の視点から描かれているところが新鮮な童謡だ。

百弗《どる》

猫の小母《おば》さん
木兎《みみずく》さん
百弗貸すから
家《いえ》建てろ

石で　たたんだ
家建てろ
煉瓦《れんが》で　たたんだ
家建てろ

童謡集『十五夜お月さん』に収録。初出は一九二〇（大9）年一月号の「こども雑誌」である。童謡集への収録時に、第四連の「夜昼」を「朝晩」に変えた。

この童謡が発表された頃、1ドルは2円前後に相当する。2円少々あれば米10キロが買えた時代だが、それでも百ドルで一軒の家は建たない。動物が住む小さな家なら建つかもしれないが、百畳もある大きな家などはとても無理だ。だから、ここでいう百ドルは具体的な金額ではなく、子どもたちにとっては《想像もつかないほどの大金》を意味している、というように理解したい。

「木兎」はフクロウ科のうちコノハ

猫の小母さん
木兎さん
小猫《たま》にも百弗
金貸した

百畳　畳が出来て来る
どん〱踏んでも踏みきれぬ
朝晩踏んでも
踏みきれぬ。

ズクなど、頭部に耳のように長い毛をもつ鳥の総称である。「たたんだ」は《積み重ねた》の意だから、この童謡ではネコやミミズクに《石造りやレンガ造りの洋館を建てろ》といっていることになる。

　ところで、この童謡が発表された前年に当たる一九一九（大8）年のこと、北原白秋は小田原に自宅を建てた。外観がミミズクに似ていることからこれを《木兎の家》と名づけ、翌年には隣地に三階建ての洋館まで建てている。しかも、《木兎》はふつう《木菟》と書くが、雨情はあえて白秋にならって《木兎》と書いている。

　当時の童謡ファンになら、ミミズクに洋館を建てろと呼びかけるくだりから、日の出の勢いの白秋を連想することは容易であったろう。雨情は白秋への軽いからかいの意味を込めて、この童謡を創ったのかもしれない。

帰る雁《かり》

雁《がん》が　帰る
雁が　帰る
雁が　帰る
襷《たすき》に　ならんで
雁が
帰る

童謡集『十五夜お月さん』に収録。初出は一九二一（大10）年四月号の「金の船」である。本居長世の曲がある。

「雁」はカモ科の大型の水鳥の総称。多くはマガンやヒシクイなどのことで、《がん》《かり》または《かりがね》とも呼ばれる。日本で冬をすごしたあと、春先に北方へむけて旅だつ渡り鳥である。

第一連では「雁が 帰る」を三度も繰りかえして、たくさんのガンが群れをつくって大空を飛ぶ姿を表現する。第三連では「山が」「海が」「風で」に、それぞれ「暴れた」を繰りかえしてつけ、力強い調子で歌いあげる。そして、第二連ではガンの群れの習性を

山が　暴《あ》れた
海が　暴れた
風で　暴れた

帯になって
紐になって
雁が帰る。

襷のイメージ、第四連では帯と紐のイメージに重ね、「雁が 帰る（雁が／帰る）」という繰りかえしの効果でガンの群れを見る者の思いを強調する。

　短く簡潔な詩句を重ねながら、最後の「雁が帰る。」の締めくくりによって万感の感動を呼ぶ。こうした漸層法の手法を用いて、この童謡は巧みに構成されている。

　なお、広く全国各地に伝えられている伝承わらべ唄「雁「かり」雁渡れ」では、ガンの群れの飛ぶ姿が帯・襷・棹・鉤などに例えられている。「帰る雁」はそうした伝統を踏まえた童謡でもある。いかにも雨情童謡らしい秀作だといえよう。

機織虫《はたおりむし》

機織虫は
一機《ひとはた》　織った
カンカラ　コン
カンカラ　コン
田舎は　涼し
凌霄花《のうぜんかずら》

童謡集『十五夜お月さん』に収録。初出は一九二〇（大9）年一一月号の「金の船」である。

初出では「機織虫は／一機／織った／／小笹に風は／揺れ揺れ／吹いた／／田舎は／涼し／凌宵花〔のうぜんかつら〕／／機織虫と／一緒に／遊ぼ」と、三行ずつ四連の構成であったものを、童謡集への収録時にいまのような二行ずつ五連の構成の童謡に変えた。雨情は「カンカラ　コン」というオノマトペの調子を優先して、いまの形態に変えたのだろう。だが、初出形の「小笹に風は／揺れ揺れ／吹いた」という表現もまた捨てがたいように思う。

「機織虫」はキリギリスまたはウマ

カンカラ　コン
カンカラ　コン
機織虫と
一緒に　遊ぼ。

オイの別名。鳴き声が機織りの音に似ているからそう呼ばれた、という。

　キリギリスまたはウマオイの鳴き声を「カンカラ　コン」と聴くのは、雨情の独創的な表現だろうか。それとも別種の虫を雨情独自に《機織虫》と呼んでいるのだろうか。

　「凌霄花」はノウゼンカズラ科のツル性植物で中国原産。日本へは平安時代に渡来したといわれる。夏の季語で、ピンクや赤など鮮やかな花を咲かせる。

青い空

母《かあ》さん　来るまで
姉《ねえ》さんと
青い空　青いから
見ていましょう

二歳《ふたつ》で　あんよが
出来たから
母さんいなくも
いられるわネ

童謡集『十五夜お月さん』に収録。初出は一九二一（大10）年五月号の「金の船」で、タイトルの下に「(子守唄)」とある。本居長世の曲がある。

「青い空」の詩句の繰りかえしが印象的で、さわやかな童謡である。

「あんよ」は歩くことの幼児言葉。「二歳で　あんよが／出来た」は《数え年の二歳でよちよち歩きができた》という意味だ。

――花子さんはかわいい利巧な子供でありました。ある日姉さんと二人でお留守番していました。花子さんは退屈そうにお母さんの帰りを待っていましたがお使いに行ったお母さんはなかなか帰って来られませんでした。姉さんは花子さんを連れて門へ出ました。

青い空　見ておいで
青い空に
夜になると　お星さま
出て来るのよう

母さん　帰りが
遅いときは
門《かど》へ出て　姉さんと
待っていましょう。

夕暮の空は青く澄んでいました。

　雨情は『童謡と童心芸術』のなかで、この童謡に描かれている情景について、このように説明する。姉さんは「花子さんは二つであんよが出来たのだから母さんがいなくてもおるすいが出来ましょう。あの青い空を御覧なさい。青い空には夕方になると、きれいなお星さまがいくつも出てくるのですよ」と話しかけている、というのだ。

　また、この童謡に関連して雨情は『童謡と児童の教育』で、親に対する子供の感情を詩化して与えることは百千の説教にもまさって彼等の感情を純化するのだから、直接に忠とか孝とか云って叩き込まなくてもよき童謡を与えていれば自然とそうなる、という意味のことを書いている。なるほど、これは順当な見解だろう。

地蔵さん

空ァ火事だ　梯子《はしご》出せ
頭さ木杭《ぼっくい》降ってくらァ
嘘なら　狸に
聞いて見ろ

狸に聞いたら　舌《べろ》出した
傘《からかさ》かづいで　舌出した
嘘なら　蚯蚓《みみず》に
聞いて見ろ

童謡集『十五夜お月さん』に収録。初出は一九二〇(大9)年二月号の「こども雑誌」である。山崎清重の曲がある。

――この童謡を見て、単に調子をよくするために内容を支離滅裂にし、閑却していると評した人もありました。

雨情は『童謡と児童の教育』ほかで、おおよそこのようなことを書いているが、こうした非難はナンセンスの価値を理解しない愚かな議論で、まったく当を得ていない。

そもそも、ナンセンスの童謡は内容のナンセンスさ自体に価値がある。夕焼けの空を火事に見立てたり、タヌキが傘をかぶって酒を買いにいったりするナンセンスな発想は、伝承わらべ唄によくみられる発想だ。締めくくりの地蔵さんとタヌキがいっしょに太鼓を「ドドンコ ドン〱叩いてる」という発想も、実にナンセンスで楽しい。

――標準国語で書いてなかったら、

こんやは　蚯蚓の行列だ
狸も跣足《はだし》で　行列だ
嘘なら　地蔵さんに
聞いて見ろ

地蔵さん　太皷《たいこ》を買って来た
ドドンコ　ドン〱叩いてる
狸も一緒に　叩いてる
嘘なら　黙って口出すな。

その童謡は、他地方の児童には何を云っているのやら分からない、従って芸術品として取り扱うことは出来ない。

同書によると、おおよそこのような議論もあったようだ。明治以来、共通語主義の教育が徹底されてきた当時の教育界では、むしろこういうバカげた論理こそが《正論》であった。

しかし、雨情の提唱する郷土童謡こそが、全国いたるところでその地方の言葉で歌い継がれてきた伝承わらべ唄の伝統を受け継ぐ《正論》であったことは、いうまでもない。

「地蔵さん」は、ナンセンスの面白さや土着の地方語の価値を認めようとしない当時の硬直した教育界の風潮に、真っ向から異をとなえた童謡である。この童謡からは、ローカルカラーに満ちた、自由奔放で子どもらしい発想の豊かさを読み取りたい。

河童《かっぱ》の祭

今夜は　河童の
お祭だ
獺《かわうそ》ァ　車に
乗って来《く》らァ
泣く子は　河童に
獲《と》られるぞ

童謡集『十五夜お月さん』に収録。初出は不詳である。

　カッパはカワウソの泳ぐ姿を誤認したものだともいわれ、「獺」は《川獺》とも書く。カワウソはイタチ科の動物で、水中で魚などを捕食する。民話などに愛すべきトリックスターとして登場するが、人間や動物をだまして水中に引き込むという俗説もある。

　カワウソが捕らえた魚を並べる習性を先祖の祭りをする様子に見立てて、《川獺の祭》または《獺祭〔だっさい〕》という。転じて、詩文を創るときに多くの参考文献をひろげ散らかすことをいう。雨情は自分の創作の様子を《川獺の祭》に掛けながら、もうひとひねりして《河童の祭》に変えたような気がしないでもない。

　また、カッパやカワウソから悪さのお詫びや助けた御礼として秘薬の処方を伝授された、という話が各地に伝え

お祭ァ　太鼓《たいこ》で
押して来た
泣く子に　当薬《とうやく》
なめらせろ。

られている。「当薬」は煎じ薬で、リンドウ科の千振〔せんぶり〕の根や茎を乾燥させてつくる、健胃薬として服用するが、たいへん苦〔にが〕い。

この童謡には、カッパの祭りの楽しい様子を明るく描くかたわら、泣く子は悪い子だからカッパに川へ引き込まれたり苦い当薬をなめさせられるぞ、という伏線がある。これは決して教訓性を求めたわけではなく、伝承わらべ唄の発想にならったまでである。

なお、雨情の童謡に「河原の河童」（童謡集『青い眼の人形』に収録）がある。これは「夜更けに 子供が／歩いてる／／頭に お皿が／載っていた／／河原の 河童の／子供だよ／／河原で 夜更けに／火が燃える／／雨夜の晩だに／火が燃える／／河童の 子供が／燃すんだよ」という、もの哀しい雰囲気のある童謡で、「河童の祭」とは対照的だ。

猫の髯《ひげ》

隣の父《とっ》さん
小豆《あずき》　一升
煮てた
牡丹餅《ぼたもち》　甘《うま》いな
てっこ盛って
食べた

童謡集『十五夜お月さん』に収録。初出は一九二〇（大9）年四月号の「こども雑誌」である。

「牡丹餅」はおはぎ（お萩）のこと。小豆の餡［あん］をまぶしたところを牡丹や萩の花に見立てていう。もち米にうるち米をまぜてついたモチに、小豆の餡やきな粉をまぶしてつくる。

それにしても、小豆一升といえば尋常な量ではない。だが、むかしは何か祝いごとなどでボタモチをつくったときは、親戚や近所にもふるまったものだ。「隣の父さん」がボタモチをつくったので、当然、自分の家にもお裾分けがあった。隣の飼い猫の三毛もお相伴にあずかれると楽しみにしていたところ、思わぬ災難にあって子どもた

三毛猫ァ馬鹿だぞ
髯に
火がはねた

ちの笑い者になった、というわけだ。

むろん、ボタモチはめったにないご馳走だったから、子どもたちは大喜びである。

——この童謡の中に使用してある「てっこ盛った」は茨城北部地方の方言ですが、山盛りに盛って食べたとか、一ぱい盛って……とか云うよりは、方言そのままを持って来た方がよりよくその気分を出すに成功するから、そのまま使用したわけであります。

雨情は『童謡と児童の教育』で、この童謡に使われた地方語の効用について、このように書いている。

なるほど、「てっこ盛って」という詩句には、ボタモチをたくさん食べてご機嫌な田舎の子どもたちの気もちが、巧みに歌い込まれている。

七つの子

烏　なぜ啼くの
烏は山に
可愛《かわい》七つの
子があるからよ

可愛　可愛と
烏は啼くの
可愛　可愛と
啼くんだよ

童謡集『十五夜お月さん』に収録。初出は一九二一（大10）年七月号の「金の船」である。本居長世の曲がある。栃木県鹿沼市朝日町ほかに碑がある。

未見だが、「烏なぜ啼く／烏は山に／可愛い七つの／子があれば」という創作民謡「山烏」（『朝花夜花』第一編一九〇七）を改作した童謡だという。なお、「可愛」を《かわいい》と歌うのは誤りである。

雨情は『童謡と童心芸術』で、この童謡について次のように説明している。

――静かな夕暮に一羽の烏が啼きながら山の方へ飛んで行くのを見て少年は友達に「何故烏はなきながら飛んでゆくのだろう」と尋ねましたら「そ

山の古巣に
行って見て御覧
丸い眼をした
いい子だよ。

りゃ君、烏はあの向うの山にたくさんの子供たちがいるからだよ、あの啼き声を聞いて見給え、かわいかわいといっているではないか、その可愛い子供たちは山の巣の中で親がらすのかえりをきっと待っているに違いないさ」という気分をうたったのであります。一般の人たちは、烏は横着者で醜い鳥だとばかり思いなされていましたけれども童謡の世界では、そうした醜い感情をも、愛情の焔［ほのお］に包んでしまわなければなりません。

　この童謡の「七つ」は七羽の子ガラスなのか、七歳の子ガラスなのか、という質問をよく受ける。雨情によれば七羽の子ガラスということになる。ただ、伝承わらべ唄の伝統などにならって、「七」は具体的な数ではなく《たくさんの》という漠然とした数を意味していると解釈したい。

　ところが、カラスは一度に七つも卵

を産まないとか、カラスの平均寿命は七歳だとかいう知識を自著でひけらかした人がある。

ある有名なタレントは《カラスは強制連行によって炭坑で働かされ真っ黒になっている朝鮮人のことだ》という意味のことをテレビ番組で語った。だが、強制連行は戦時中のことだから年代があわない。

いつの時代も、芸術を理解できない人たちほど、世の中で幅をきかせているものだ。

雪降り小女郎《こじょろう》

泣く子は
帰れ
雀と帰れ

一軒家の
背戸に
雪五合《ごんごう》降って来た

童謡集『十五夜お月さん』に収録。初出は一九一九（大8）年一二月号の「金の船」である。童謡集への収録時に、タイトルを「雪降りお婆［ばば］」から、第二連を「一軒家の脊戸に／雪五合／降って来た」から、それぞれいまのように変えた。また、第三連の「お婆」を「小女郎」に変えた。

「泣く子は／帰れ」は、童謡「河童の祭」の「泣く子に当薬／なめらせろ。」と同じく、伝承わらべ唄の発想を取り入れた詩句である。

――「雪降り小女郎」とは、東京で云うおおわたこわた（背に白き粉のある小虫の名）のことです。晩秋の曇った日などに多く、群って飛びます。私達の地方（茨城県の北隅）ではこの虫が飛ぶと、軈［やが］て初雪の降るしらせだと云っております。

こんな雨情の自註が『十五夜お月さん』の巻末にある。「おおわたこわ

山の　山の
奥の
雪降り小女郎
一里も　二里も
雪負《しょ》って
飛んで来た。

た」は《大綿小綿》と書く。ワタアブラムシ科に属する小昆虫の俗称。ようするに羽のあるアブラムシの一種で、一般的には綿虫［わたむし］とも、雪虫［ゆきむし］とも呼ばれる。冬の季語。雪虫の名の由来は、白い綿状の分泌物をつけて飛ぶ姿が雪の降るさまに見えるからとも、この虫が飛ぶと雪の季節がちかいからともいう。むかしから詩文や伝承わらべ唄などに取りあげられてきた。「雪降りお婆」は「雪降り小女郎」に同じ。伊豆地方では《しろばんば》と呼び、井上靖の自伝的小説のタイトルにもなっている。

　雪虫の飛ぶさまを、雪を背負って一里も二里も飛んできたという見立ては、みごとな子どもの発想だ。いかにも童謡らしく好ましい。先祖からの言い伝えや伝承わらべ唄に着想を借りながら、洗練された手法で初冬の田園風景を幻想的に描いている。

だまされ太郎作《たろさく》

鼻黒鼬《はなぐろいたち》
『太郎作どんてば　太郎作どん
留守番すべから　往ってござえ
だまされ太郎作
『たしかに　留守番
たのんだぞ

童謡集『十五夜お月さん』に収録。初出は一九二一（大10）年五月号の「おてんとさん」と思われる。

「背戸籔」は家の裏手のヤブのこと。「みそさざい」はミソサザイ科の小型の野鳥で、冬は人里に現れ、尾をたてて活発に飛びまわる。

雨情は『童謡と児童の教育』で、童謡は童話のもっとも言葉がリズミカルに緊縮されたものであり、この童謡は童話を童謡化して童話以上の効果を示す例だ、という意味のことを書いている。

この童謡には「鼻黒鼬」「太郎作」「鶏の子」「鶏の親父」「鼻黒鼬の子供」「雀」「馬」『みそさざい』「釣瓶」と、郷土童謡の常連たちが登場する。

太郎作家《げえ》の鶏の子
『鼬奴《め》　来たらば
なじょにしべえ

鶏の親父《おやじ》
『厩《うまや》の前《めい》ちょで
遊んでろ

鼻黒鼬
『うまいぞ　雛鶏《ぴょっぴょこ》　追っかけべえ
太郎作ァ来たても話すなヨ

そして、地方の言葉でとぼけた会話をかわすだけの構成だ。

　定型の韻律や、これといって技巧らしいものが認められない。それでいて、たしかに特有のリズムと感覚が存在しているところに、雨情の並々ならぬ手腕が現れている。

　雨情はこうした童謡を《自由律》とはいわず、《内在律》があるといった。《内在律》は《音数律》のように外に表される形式ではなく、感動によって詩人の心におこる微妙な一種独特な響きであり、歌われた内容そのものの波動である、という。なかなか理解しにくい概念だが、この童謡あたりが好例だろう。

　なお、同じ趣向の童謡に「木小屋［きごや］と柿の木」がある。こちらは《太郎作家［げえ］の鼬の子》と《次郎作家の鼬の子》がナンセンスな会話をするという形式で、童謡集『十五夜お

鼻黒鼬の子供
『親父《とっ》さん　己《おい》らも
追っかけらァ

柿の木の上の雀
『己《お》らは　なんにも
知んねえぞ

厩の馬
『己《お》らも　なんにも
知んねえぞ

月さん』に収録。「このごろ魂消〔たまげ〕た　出来事だ／太郎作どんには／内證〔ないしょう〕だぞ／／次郎作どん家の／姉〔あね〕さまは／太郎作どん家の　柿の木さ／朝晩　かかって／いたんだぞ…」というものだ。「木小屋と柿の木」と「だまされ太郎作」を併せて、連作とみることもできる。

背戸籔のみそさざい
『雛鶏ァ追われて逃げたっけ
尻餅つき〳〵逃げたっけ
井戸端《ばた》の釣瓶《つるべ》
『太郎作どんてば戻らっせえ
この事　見たらば腰ァ抜けべ。

十《とお》と七つ

雁《がん》 雁　ならんだ
十と七つ
七つならんだ
十と七つ
十と七つで
飛んで渡る

童謡集『青い眼の人形』（一九二四　金の星社）に収録。初出は一九二四（大13）年二月号の「金の星」である。小松耕輔の曲がある。

「雁」はカモ科に属する大型の水鳥の総称。日本で冬場をすごす渡り鳥である。

雨情は『童謡と童心芸術』で、次のように解説している。

——この童謡は、晩秋の中空を啼き渡ってゆく雁を見て歌ったものであります。もう日が暮れるのに、あの雁の一群は、今夜何処まで行って宿るのであろう。いまこの町の上を啼いて通ったがと云って気遣っている心もちであります。

それではなぜ、空を飛んでいくガン

雁　雁　この町
啼いて通った
啼き啼きならんだ
十と七つ
今夜どこまで
飛んで渡る

の数が十と七つなのか。同書によると、十と七つという言葉の調子は音楽的響きをもっているからそうしたのであって九つでも八つでも構わないのだ、という。そのうえで、雨情は次のように結論づけている。

——童謡は数学のように、きちんとした数字によって組立てられるものとは違います。若しこの場合十と七つ以外の言葉では歌詞を害「そこな」う虞「おそ」れがあるのであります。

　こうした雨情の感覚については、「七つの子」の「七」と関連づけて考えると、よりいっそう理解が深まるだろう。

青い眼の人形

青い眼をした
お人形は
アメリカ生れの
セルロイド

日本《にほん》の港へ
ついたとき
一杯涙を
うかべてた

　童謡集『青い眼の人形』に収録。初出は一九二一（大正10）年一二月号の「金の船」である。童謡集への収録時に、「青い目」と「セルロイト」の表記をいまのように変えた。本居長世の曲がある。この年の一一月に長世の次女・貴美子〔きみこ〕の舞台デビューで歌われた。その歌声にすっかり感激した雨情は、ほうびに銀座の資生堂で香水を買ってやった、という。貴美子がレコードデビューしたときもこの唄であった。常磐自動車道の中郷サービスエリアに碑がある。

　――国際愛はけっこうなことだが、その結構なことを歌ったよい童謡がなかった。その頃日本の子どもたちによろこばれていたセルロイド製のキュー

「わたしは言葉が
わからない
迷い子になったら
なんとしょう」
やさしい日本の
嬢ちゃんよ
仲よく遊んで
やっとくれ

ピーさんを見て、この童謡を思いついた。青い眼とか赤い毛とか異国の人形を歌った童謡がなかったので、それを日本の子どもと取り合わせて書いた。

　のちに雨情は『日本童謡全集』（一九三七　日本蓄音器商会）で、この童謡についておおよそこのような意味のことを書いている。

　雨情が下書き用に書いた原稿をみると、「アメリカ人形」というタイトルにすることを考えた形跡もある。また、柳澤健が一九二〇（大9）年五月号の「こども雑誌」に載せた「生れ故郷を後に見て／黄金色〔きんいろ〕の帆の舟に乗り／はるばる遠い海の旅。…」という童謡「碧眼〔あおめ〕」の人形」の影響を受けているという説もある。

　ところで、キューピー人形の眼は黒に決まっているが、雨情は《西洋人といえば青い眼だ》というイメージか

ら、この童謡の着想を得たのであろう。

一九二七（昭2）年三月にアメリカの民間団体から日米親善の人形が贈られたが、この人形も大部分が青い眼でないのにもかかわらず、一般に《青い眼の人形使節》と呼ばれたことと同様である。人形使節を迎える唄には「人形を迎える歌」（高野辰之〔たつゆき〕・作詞／東京音楽学校・作曲）という官製のものがあったが、実際には「青い眼の人形」が歌われることも多かった。いつのまにか、「青い眼の人形」は人形使節を迎える唄だ、という誤解が拡まったようだ。

なお、キューピー人形については「キューピー・ピーちゃん」の項を参照のこと。

かなく

遠いお山の
蜩《かなかな》は
ひとりぼっちで
なきました

母さん　たずねに
出かけましょう
父さん　たずねに
出かけましょう

童謡集『青い眼の人形』に収録。初出は一九二一（大10）年九月号の「金の船」である。

「蜩」はセミの一種。《ひぐらし》の別名で、秋の季語。早朝と夕方の薄暗い頃に鳴くほか、日中でも林のなかなど薄暗い場所で鳴く。カナカナと高く美しい声で鳴くので《かなかな》という名がついた。

それにしても、この童謡の「かーなかな」というオノマトペの繰りかえしは、あまりにも平凡すぎて、やや面白味に欠ける。それでも、「日さえ暮るれば」という文語的な表現で変化をつけたことによって、通俗に陥ることから救われている。

――この童謡は遠い山奥でひとりぼっちで毎晩方ないている蜩は、父親も恋しいだろう母親も恋しいだろう、父親をたずねにゆけ、母親をたずねにゆけ、夜があけると夜になるまで鳴い

遠いお山の
蜩は
ひとりぼっちで
なきました

日さえ暮《く》るれば
かーな　かな
眼さえさませば
かーな　かな

ている蜩蝉よという気分をうたったのであります。

雨情は『童謡と童心芸術』でこのように解説したあと、この童謡は《愛の世界を感受さすためのよすが》であって《哀韻》を主としたものではない、とのべている。

しかし、ヒグラシの鳴き声には、もの哀しいイメージがつきまとう。なによりも、ひとりぼっちのセミが母さんや父さんをたずねるというモチーフからして、どうしても哀韻を感じざるをえない。

したがって、この童謡からそのようなイメージを受け取っても、いっこうにさしつかえはない。童謡に限らず文学作品というものは、ときとして作者の意図を裏切るものだ。

赤い桜ンぼ

赤い　赤い
桜ンぼよ
どこで生れたの

一軒家の
お脊戸で
生れたの

童謡集『青い眼の人形』に収録。初出は一九二一（大10）年九月号の「金の船」である。本居長世の曲がある。「脊戸」は《背戸》に同じ。

つきはなした言い方をすると、せっかくサクランボと会話をしていながら、議論がまるでかみあっていない。サクランボが《一軒家の農家の裏手の畑で生れたの》と答えているのだから、重ねて《ほんとうはどこで生れたの》と訊ねる必要などはない。もう少し質問のしようもあったはずだ。だが、この童謡ではサクランボと心を通わせてお話をすること自体に意味がある。もともと、会話の内容に意味はないのだ。

雨情は『童謡と童心芸術』で、次の

ほんとうは
桜ンぼよ
どこで生れたの

ほんとうに
一軒家の
お脊戸で　生れたの

ようにのべている。

——この童謡は桜ンぼに対する人間の親しい心もちをうたったのであります。

ずっとのちに「リンゴのひとりごと」（武内俊子・作詞／河村光陽・作曲）というレコード童謡が大ヒットした。一九四〇（昭15）年のことである。

これは寒い北の国で生れたリンゴが箱につめられて出荷され、果物屋の店先に並べられて故郷を想う、という内容の唄であった。どこか「赤い桜ンぼ」を連想させられる童謡だ。

乙姫さん

龍宮の　龍宮の
乙姫さんは
トン〱カラリン
トンカラリンと
機《はた》を織りました
黄金《こがね》の襷《たすき》を
脊中に結んで

童謡集『青い眼の人形』に収録。初出は一九二一（大10）年一〇月号の「金の船」である。本居長世の曲がある。

　いうまでもなく、これは各地に伝わる浦島伝説に取材した童謡である。

　浦島といえば、有名な文部省唱歌に「浦島太郎」（『尋常小学唱歌 二』一九一一 文部省）がある。

　その一番は「昔々浦島は／助けた亀に連れられて／竜宮城へ来て見れば、／絵にもかけない美しさ。」となっている。竜宮城がどんなに美しいかを表現するのに《絵にもかけない》ではお粗末すぎて話にもならないが、雨情の童謡では《黄金の襷》とイメージが具体的である。

トン〱カラリン
トンカラリンと
機を織りました

浦島太郎も
トン〱カラリン
黄金の襷で
トンカラリンと
機を織りました
千年織っても
トン〱カラリン

文部省唱歌では二番以降も「乙姫様の御馳走に、／鯛や比目魚〔ひらめ〕の舞踊〔まいおどり〕／ただ珍しく面白く、／月日のたつも夢の中〔うち〕。」と、ストーリーを忠実になぞるばかりだ。子どもたちは四番の「帰って見ればこは如何〔いか〕に…」を《帰ってみれば怖い蟹》と歌って面白がるのが精一杯であった。

ところが、雨情のこの童謡では、乙姫さんと浦島太郎が機織りをする場面が描かれる。しかも、千年織っても、万年織っても、織り続けるのだ、という。そんな意外性のある発想が面白い。

昔話を童謡に仕立てる場合、あまりに奇をてらうと通俗性や嫌味ばかりがめだつ結果に終わってしまうことが多い。しかし、この童謡では「トン〱カラリン／トンカラリン」のリズミカルな繰りかえしの効果で、ほとんど抵抗なく物語の世界に入り込むことができる。

万年織っても
トンカラリンと
歌って織りました

千代田のお城

千代田の　お城の
鳩ぽっぽ
鳩ぽっぽ　ぽっぽと
啼いてたよ
千代田の　御門《ごもん》の
白い壁

童謡集『青い眼の人形』に収録。初出は一九二一（大10）年一一月号の「金の船」である。本居長世のほか、藤井清水の曲がある。

千代田城は江戸城の異名。この童謡では二重橋附近から皇居を遥拝した情景を描いた。野口家は勤王の家柄なので、先祖の業績を想い、自然に心のうちにわきおこる感動を童謡に仕立てたのだろう。雨情はこれを大正天皇の皇子であられる澄宮「すみのみや」（のち三笠宮）殿下に捧げている。長世の祖父・本居豊穎「とよかい」は、大正天皇の侍講（教育係）であった。

――春のうららかな日に大内山「おおうちやま」の木立のなかから聞ゆる鳩のなき声や、二重橋の御門の白い壁やお濠の青い水や、言い知れぬ神々しさを感じられるのであります。

雨情は『童謡と童心芸術』で、このように書いている。その後、宮は自ら

千代田の　お濠《ほり》の
青い水
鳩ぽっぽ　ぽっぽと
啼いてたよ

童謡を創作されるようになり、《童謡の宮》と呼ばれて国民の間で親しまれた。雨情の童謡集『十五夜お月さん』の版元が香蘭社に変わった際には、扉に《台覧》《文部省推薦》と印刷された。「大内山」は皇居のこと、「台覧」は皇族がご覧になることである。

　ところで、雨情は一九二六（大15）年に澄宮殿下の御前講演に召されたが、正装をもっていない。そこで、友人たちが紋付羽織や袴などを用意してくれた。やっとのことで宮中にあがり、自作の童謡を《雨情節〔うじょうぶし〕》と呼ばれる独特の節回しで歌うと、殿下はたいへん面白がられた。こうして講演は大成功だったが、帰宅途中で祝杯をあげ、下賜〔かし〕された金一封ばかりか借物の着物までも酒代に化けてしまった。それでも勘定が足りず、付馬〔つけうま〕（借金取り）をつれて帰宅した、と伝えられている。

二つの小鳥

畑で　米磨《と》ぐ
なんの鳥
あれは　畑の
みそさざい
跣足《はだし》で　米五合《ごんごう》
磨いだとサ

童謡集『青い眼の人形』に収録。初出は一九二二（大11）年四月号の「金の船」である。

「みそさざい」はミソサザイ科の小鳥。冬場は人里に現れて、地面を歩きながら《チャッチャ》と啼くことがある。そんな習性を、米を磨ぐ様子に見立てたのだろう。

「河原鶸」はアトリ科の小鳥。この鳥の羽の色から、黄色味がかった黄緑色のことを鶸色という。全長一四センチぐらいで、みそさざいより大きい。太くて短いくちばしで地面をつつき、穀類や昆虫をあさるので、その様子を機織りの動作に見立てたのだろう。

地方語を活かした「河原さ　呉服屋／出すだとサ」という結びは、「磨い

河原で　機《はた》織る
なんの鳥
あれは　河原の
河原鶸《ひわ》
河原さ　呉服屋
出すだとサ

だとサ」と響きあっている。「さ（サ）」の音を重ねたリズム感がここち良い。

　みそさざいと米磨き、河原鶸と機織り・呉服屋という連想の意外性にも、おおいに面白味がある。

子守唄

父さんなくとも
子はそだつ
母《かあ》さんなくとも
子はそだつ

雀と遊んで
いるうちに
七《ななつ》のお歳《とし》の
日は暮れる

童謡集『青い眼の人形』に収録。初出は一九二二（大11）年七月号の「金の星」である。本居長世の曲がある。

「父（母）さんなくとも／子はそだつ」は《親はなくとも子はそだつ》のもじりである。この諺「ことわざ」の本来の意味は《世の中のことは心配するほどのこともない》だが、童謡では孤児の寂寥感がテーマになっている。夕方になると、子どもたちはみな明るく温かい家庭に帰っていくが、孤児にそんな家はないのだ。

――この童謡は親なし子のさびしい生い立ちを唄ったのであります。親なし子であった俳人一茶の幼年時代なども思い浮べてそうした気分から出来た歌詞であります。

父さんなくとも
日は暮れる
なん〳〵七の
日は暮れる

母さんなくとも
日は暮れる
なん〳〵七の
日は暮れる

雨情は『童謡と童心芸術』で、おおよそこのように解説している。さらに、この本によると、「七のお歳」は別に三歳としても五歳としてもよく、単に幼いという意味を持たせたのであって、七歳にしたのは言葉の調子からだ、という。

言葉の調子といえば、この童謡は雨情には珍しい八・五調だ。雨情は『童謡作法講話』で、おおよそ次のような意味のことを書いている。

——最初から八・五調を意識したものではなく、自然にそうなってきたものだから、八・五調の弊である間のびしやすい欠点を免れている。

帰る燕《つばめ》

燕の　子供が
帰ってゆく
お母《つか》さんに　連《つれ》られて
帰ってゆく
オペラパック　おみやげに
やりましょう

童謡集『青い眼の人形』に収録。初出は一九二二（大11）年八月号の「金の星」である。本居長世の曲がある。

「オペラパック」とは、オペラを適当につないで簡単にまとめた歌曲のことである。当時の人気レコードに、オペラパックと称するものがあった。これは演歌師たちが浅草オペラを替え唄にしたり、適当につないだりして、吹き込んだものだ。浅草オペラは、浅草の大衆劇場で上演された歌劇・喜歌劇のこと。大正時代に隆盛を誇ったが、関東大震災で興行街が壊滅したことを機に衰退した。震災の勃発は、この童謡が発表された翌年のことである。

小熊秀雄の「女流諷刺詩篇」にも、「誰か彼女にオペラを与へよ、／オペ

来年　お母さんと
またおいで
お母さんと　ふたりで
またおいで

ラパックでも我慢する」という記述がある。

　この童謡には、ツバメを思いやる子どもの優しい気持ちが描かれているとともに、都会的なイメージが描かれている。華やかで享楽的な大正の大衆文化の象徴を、これから南へ帰るツバメのおみやげにやろう、という発想がいかにも大正の時代を反映している。

一つお星さん

一つ　お星さん
海の上
一つ　お星さん
屋根の上
千鳥は　渚で
日がくれる

童謡集『青い眼の人形』に収録。初出は一九二二（大11）年九月号の「金の星」である。本居長世の曲がある。

「一つお星さん」とは一番星のことか。宵の明星として親しまれる金星をイメージすれば良いかもしれない。《金星》であれば、発表誌「金の星」の誌名にも通じる。

この童謡は、ほとんど無内容だといえ、内容より調子の良さに価値がある。雨情は『童謡作法講話』で、この童謡は歌いながら手で拍子をとりながら自発的に出て来た調子だ、という意味のことを書いている。

――子供の心を子供のままに発露させるところに童謡の貴さがあるのですから、子供をして無心のまま大空に

馬は　厩《うまや》で
日がくれる
一つ　お星さん
海の上
一つ　一軒家の
屋根の上

向って叫ぶように叫ばしめよ。それは本当の童謡を、作らせずして作らせることになる唯一の道であります。

　雨情は『童謡と児童の教育』で、このように書いている。してみると、童謡の内容や意味などは、もはやどうでも良いのかもしれない。なるほど、伝承わらべ唄は無心のままに歌うべきものであるから、この童謡は伝承わらべ唄の世界をそっくり再現したものだ。

　しかし、この童謡を近代の創作童謡としてみるとき、はたして調子の良さだけをもって芸術性が高いと評価することができるものだろうか。そこに、どうしても疑問を感じざるをえない。

昼の月

白いお月さん
昼の月
お月さん子供の
夢みてる
片われお月さん
昼の月

童謡集『青い眼の人形』に収録。初出は一九二二（大11）年一一月号の「金の星」である。

「昼の月」は昼間に薄く見えている月のこと。ぼうっと見えているから「夢みてる」のである。

「片われお月さん」は半月のこと。弓張り月、または弦月「げんげつ」ともいう。むかしから《片われ月》として、古典文学に好んで取りあげられてきた。

雨情は『童謡と童心芸術』で「菜の花や月は東に日は西に」という与謝蕪村の句をひきながら、この謡も菜の花の咲きつづいた晩春の田舎の情景を歌ったものだ、という意味のことを書いている。さらに、昼の月が夢をみて

かわい子供の
夢みてる

いるからいいので、もしこれが夜の月であったならば夢を見るということは無意味になってしまう、という意味のことも書いている。

　北原白秋の童謡「雨のあと」（『花咲爺さん』一九二三 アルス）には「萌黄［もえぎ］の暈［かさ］は／片われ月よ。／ほうほう蛍、／しめれよ、ひとつ。」というくだりがあるが、こちらは夜に見える半月を歌ったものだ。白秋の童謡では、月が夢を見るのではなくて、月を見る人のほうが夢見心地になっている。

さらさら時雨《しぐれ》

畑の　中の
さらさら
時雨

さら　さら　さッと
鶏《とり》が　頸《くび》
曲げた

童謡集『青い眼の人形』に収録。初出は一九二二（大11）年一二月号の「金の星」である。平岡均之の曲がある。

「時雨」は冬の初めによく降る雨のこと。急に風が強まり、パラパラと降ったかと思うとすぐにやむ。冬の季語である。

この童謡には、何の変哲もない冬の日の農村風景が描かれている。畑のニワトリや厩のウマに時雨が降り注いでいる、というだけだ。二連でひとくくり、ほぼ同文で同リズムの二部構成という形式も、雨情童謡によくみられる平凡なものである。

しかし、雨情は『童謡と児童の教育』で、この童謡について次のように

厩《うまや》の　屋根の
さらさら
時雨
さら　さら　さッと
馬の　耳
濡れた

書いている。

——内容と音律との一致したところには、真の詩興が湧き上って来ます。たとえそれが平凡な、注意をひかないようなことを歌ったとしても、まるで別物かのような感じを持って来ます。

ようするに、いたって平凡な内容をいつもの雨情調で歌いあげているにすぎない。それでいながら、雨情の手にかかると立派な童謡に仕上げることができる、というのだ。

ただし、凡庸な詩人が雨情を真似ても、とても同じようにはいくまい。

柱くぐり

奈良の大仏さんの
うしろの柱
柱よー
二人子供が
柱くぐりしてる
くぐれよー

童謡集『青い眼の人形』に収録。童謡集や初出誌で「名所めぐり」と銘うった一連の童謡のひとつ。初出は一九二二（大11）年一二月号の「金の星」である。本居長世の曲がある。

この童謡について、初出誌に自註がある。

――奈良大仏殿の円柱［まるばしら］に、長方形（高さ二尺位）の穴あり。これをくぐり得るものは仏縁ありとて、柱くぐりと名づく。

たしかに、東大寺大仏殿の北東隅の柱には四角い穴があいている。「奈良の大仏さんの／うしろの柱」とある通り、大仏にむかって右うしろの柱だ。だが、とても二尺（約六〇センチ）の大きさはない。実際には、縦が三六センチ、横三〇センチ。大仏の鼻の穴と同じ大きさだ、ともいう。

この穴をくぐり抜けると、さまざまなご利益があるといわれている。子ど

奈良は日永《ひなが》だ
いつ日が暮れる
子供よー

おれも　くぐろか
子供と共に
くぐろよー

もはこういうことを好むので、ぜひともくぐってみたいところだろう。しかし、おとなが挑戦するには、かなりの覚悟がいる。雨情のように小柄で細身であればなんとかくぐり抜けられるので、童心にかえって「おれも　くぐろか」というわけだ。背丈の小さい子どもも、無邪気に柱くぐりに挑戦しようとするおとな、それを見下ろす大仏さんという、《大》《小》の取りあわせにも面白味がある。おとなの視点から、柱くぐりの名所の楽しさを描いた秀作である。

「日永」は昼の長いこと。西條八十の童謡に「奈良の大仏さん」（「ツバメノオウチ」一九三二年二月号）があって、中山晋平が曲をつけたが、ここにも「春の日永も お堂に御座「ござ」る。」云々の詩句がある。悠久の古都・奈良では、時間もゆっくり流れるような気がする、という意味か。

弁慶の鐘

むかし
むかしの
ことだちけ
鐘から
鏡が
出ただちけ

童謡集『青い眼の人形』に収録。これも「名所めぐり」と銘うった一連の童謡のひとつ。初出は一九二三（大12）年一月号の「金の星」である。

この童謡についても、初出誌に自註がある。

――近江国三井寺に、武蔵坊弁慶が比叡山に担ぎ行きしと云う梵鐘〔つりがね〕あり。「弁慶の鐘」と名づく。この鐘より鏡出〔いで〕しとの伝説もあり。

「近江国三井寺」は滋賀県大津市にある長等山園城寺のこと。通称を三井寺という。天台寺門宗の総本山で、同じ天台系の比叡山延暦寺と争いごとが絶えなかった。この寺の梵鐘は、神護寺・平等院の鐘と並んで、日本三名鐘に数えられる。三井の晩鐘として、近江八景のひとつでもある。

ただ、「弁慶の鐘」はこれよりさらに古く、いまは使用されていない鐘のことである。俵藤太が大ムカデを退治

むかし
むかしの
ことだちけ
弁慶さんが
かづいた
鐘だちけ

したお礼として琵琶湖の龍王からもらった鐘を寄進したものだ、という。

　延暦寺と三井寺が争ったおりに、怪力の弁慶がこの鐘をぶんどって比叡山まで引いていったといい、そのときの引摺り痕と称するものがあるので、《弁慶の引摺り鐘》とも呼ばれる。また、この鐘の丸く鏡の形に欠けた部分は、狂女が「鐘のなかから鏡をもらいたい」といって鐘を撫でたところ鏡がとれた跡だ、という伝承もある。謡曲「三井寺」に謡われた鐘でもある。

　「だちけ」は《だそうだ》の意。「かづいた」は《かついだ》の意。いずれも茨城の方言だ。この童謡は二連でひとくくりでほぼ同文の二部構成だが、茨城弁の繰りかえしが特に効果的である。滋賀県に伝わる由緒ある鐘について茨城弁で語るというところに、この童謡の面白味がある。

姨捨山《おばすてやま》

姨捨山に
捨てられた
姨は帰って来なかった

山から
　山へ
山彦《やまびこ》は

童謡集『青い眼の人形』に収録。「名所めぐり」と銘うった一連の童謡のひとつ。初出は一九二三（大12）年一〇月号の「金の星」である。初出誌で「姥」と書いて《うば》と読ませていた字を、童謡集収録時にいまのように変えた。本居長世の曲がある。

この童謡についても、初出誌に自註がある。

――姥捨山は伝説で名高い信州の名所である

「姨捨山」は長野県北部の山で、標高一二五〇メートルあまり。冠着「かむりき」山の別名である。たくさんの小さな棚田ごとに月が映る《田毎「たごと」の月》で有名な、観月の名所でもあり、古来から多くの詩歌や古典文学で描かれてきた。

この地には、むかし妻にそそのかされて親がわりの年老いた姨を山に捨ててきた男が、名月を見て自分の行為を

谷から
　谷へ
山彦は
山時鳥《やまほととぎす》は
帰っても
姨は帰って来なかった

後悔し、姨をつれ帰った、という伝説が伝えられている。深沢七郎の小説『楢山節考』の舞台でもある。この童謡は「俤〔おもかげ〕や姨ひとり泣〔なく〕月の友」という芭蕉の句あたりがヒントになっているのだろうか。

「山時鳥」は山に生息するホトトギスのこと。カッコウ科の野鳥で、古典文学に多く登場する。「山時鳥は／帰っても／姨は帰って来なかった」という締めくくりが実に哀しい。古茂田信男は『七つの子 野口雨情 歌のふるさと』で、おおよそ次のような意味のことを書いている。

――この鳥は《たまむかえどり》といわれ、この世とあの世を行き交う鳥として扱われてきたので、それを踏まえて登場させたのだろう。雨情は説明を加えなかったが、かえって世間と隔絶され、帰るに帰れぬ姨の悲痛の思いが深い情趣をもって叙情されている。

阿弥陀《あみだ》池

大阪堀江《ほりえ》の
お寺の池は
どぶ〱泥池だ
百済《くだら》から来た
お阿弥陀さまは
どぶんと捨てられた

童謡集『青い眼の人形』に収録。「名所めぐり」と銘うった一連の童謡のひとつ。初出は一九二三（大12）年六月号の「金の星」である。本居長世の曲がある。

例によって、初出誌に自註がある。
――大阪堀江和光寺の境内に阿弥陀池あり。その昔、信濃善光寺本尊阿弥陀如来の捨てられし池なりといい伝う
「和光寺」はいまの大阪市西区堀江に現存する浄土宗の尼寺である。正式には蓮山和光寺というが、大阪人は親しみを込めて《阿弥陀池さん》と呼びならわしている。上方落語の人気ネタに「阿弥陀池」というものがあるほどだ。

寺の創建自体は一六九八（元禄11）年で、さして古い時代のことではない。しかし、創建の由来は仏教伝来の頃にまでさかのぼる。反仏教派の豪族・物部氏が、百済から伝わった仏像を難波の堀江に沈めた。のちにこれを

今は　信濃の
善光寺さまの
お阿弥陀さまだ
むかし　堀江の
どぶ〱池に
どぶんと捨てられた

信濃の国の本多善光という人が発見し、家にもち帰って安置した。やがてこの仏像を本尊に善光寺が建立されている。その発見の地が和光寺の境内にある阿弥陀池だ、ということだ。いま池のなかほどの島に宝塔が建てられているが、戦災で消失したあと再建されたものである。

　なお、この童謡が創られた大正の頃でも、おそらく阿弥陀池はあまりきれいで澄んだ池ではなかったろう。それでも「どぶ〱泥池」とか「どぶ〱池」とまでは、少しいいすぎだと思う。しかし、これは「どぶんと捨てられた」の《どぶん》に掛けた詩句だろうか。あるいは、大阪の中心部に丼池「どぶいけ」という地名があるので、この地名から受ける語感の面白さから、これらの詩句を思いついたような気がしないでもない。

重い車

牛の顔を　見ていたれば
涙がこぼれた
重い車を　曳かせられて
泣いているんだよ
可哀想で　可哀想で
しょうがない

童謡集『青い眼の人形』に収録。初出は一九二二（大11）年七月号の「コドモノクニ」である。

重い荷車を曳く痩せ牛の表情が哀しい。仔牛はどこか遠くへ売られていくのだろうか。

「可哀想で　可哀想で／しょうがない」の詩句の繰りかえしを概念的だとする批判もありうる。しかし、月並みと思われるような詩句に魂を吹き込み、読者に感動を伝えていくことこそが詩人の腕の見せどころだ、ともいえる。ひとつひとつの詩句を取りだして個別に解釈するのではなく、全体の流れのなかで解釈することが求められるだろう。

雨情は北海道で新聞記者をしていた

牛の足を　見ていたれば
足が痩せていた

重い車を　曳かせられて
痩せているんだよ

可哀想で　可哀想で
しょうがない

重い車を　曳きながら
じーっと後《あと》を見た

頃に、社会派詩人の石川啄木と親交を結んだ。社内の不正に怒り、たびたび上司と衝突して、道内の新聞社を転々としている。初期の社会主義詩人であった児玉花外とも交友があった。

　痩せ牛の哀しみに注がれる優しい眼差［まなざ］しは、虐げられた社会的弱者のすべてにむけられる眼差しでもあった。ヒューマニストであり、社会派の詩人である雨情の面目躍如といったところだろう。

仔牛に　逢いたくて
後を見るんだよ
可哀想で　可哀想で
しょうがない

沙《すな》の数《かず》（手まり唄）

一つこぼれた
沙の数　沙の数
百万五千と
かぞえました　かぞえました
百万五千の
沙の数　沙の数

童謡集『青い眼の人形』に収録。初出は一九二四（大13）年一月号の「少年少女」である。

伝承わらべ唄の手毬唄の形式を踏まえた創作童謡である。

――沙（砂）の数を数えてみたい。実際には不可能なことだが、もし実行できたとしたら面白いだろう。

子どもたちは、こういうナンセンスが大好きだ。

雨情は『童謡と童心芸術』で、次のようにこの童謡の説明をしている。

――のどかな春の日永を思わせるために沙の数ということばを取合わせたのであります。また百万五千といったのは限定されたのでなく、数限りなき沢［たく］さんの数を意味したのであ

かぞえてみたさに
まいりました　まいりました
二つこぼれた
沙の数　沙の数
かぞえきれずに
帰りました　帰りました

ります。この謡が手まり唄としての生命でありますのは、かぞえきれずに帰りました、帰りましたという終りの一句によって結ばれたところなのであります。

手毬唄は「合点〔がってん〕か 合点か」や「一廻り 一廻り」のような繰りかえしの語句で結ばれることが多い。雨情が「帰りました」の繰りかえしを《手まり唄としての生命》だと結論づけているのは、この童謡がそういう伝統的な手毬唄の形式にのっとっている、という意味だろう。

雀の酒盛り

雀が　米倉　建てたとサ
なーんのこッた　なーんのこッた
みそさざい

畑さ　干物《ほしもの》　ほしたとサ
見たのか　見たのか
みそさざい

童謡集『青い眼の人形』に収録。初出は一九二一（大10）年八月号の「金の船」である。本居長世の曲がある。

民謡調の創作童謡である。楽しげに歌い踊るスズメの群れの様子を描き、「サ」音の脚韻を意識している。

「みそさざい」はミソサザイ科の野鳥。スズメより小さいが、尾をたてて活発に飛びまわる。

ただし、ここでは民謡の合いの手ふうに使われている詩句だから、とりたてて意味はない。「見たのか 見たのか／みそさざい」という語感の楽しさを味わうことができれば、それだけで充分だ。

「なーんのこッた」は茨城の地方語で、《なんのことだ》の意。「酒樽 叩

雀が　酒盛りしてたとサ
なーんのこッた　なーんのこッた
みそさざい

酒樽　叩いて飲んだとサ
見たのか　見たのか
みそさざい

いて飲んだとサ」は、いかにも酒好き
の雨情らしい。

秋の夜《よ》

秋の夜長に
こおろぎは
コロ〱コロ〱
糸をひく

寒さが来るから
来るからと
コロ〱コロ〱
糸をひく

童謡集『青い眼の人形』に収録。初出は一九二二（大11）年一一月号の「令女界」である。梁田貞〔やなだただし〕のほか、藤井清水の曲がある。

「糸をひく」は、カイコのマユや綿花から、糸をひきだしてつむぐこと。《糸を繰〔く〕る》とか《糸を取る》ともいう。

――或る晩秋の夜ふけでした。聞くともなしに庭の隅の方で、こおろぎがコロコロコロコロコロとさびしそうに小さいしかも澄み通った声でないていました。夜ふけまでないている、こおろぎの身の上のことを考えはじめました。そうだ、やっぱりこおろぎも子供があるのだろう。あの鳴き声をきいていると、寒さがくるから、寒さがくるから

子供が寒むがる
寒むがると
コロ〳〵コロ〳〵
糸をひく

寒さが来るから
こおろぎは
子供の着物を
織る気だろ

としきりに糸を引いているように聞える、冬になったら子供は寒むかろう、子供たちの着物をつくってやらなくてはならないと、着物の糸を引いておるような気がしてならないという心持をうたったのであります。

雨情は『童謡と童心芸術』で、このように童謡の内容を説明している。

しかし、これではなぜコオロギが糸をひくのかが、よくわからない。

そこで、参考になるのが「青い月夜」（民謡集『極楽とんぼ』や童謡集『青い眼の人形』などに収録）だ。この作品には「いととの虫」または「いとどの虫」が登場して、「土蔵の蔭で／細い糸ひけよ 糸ひけよ」云々と歌われる。これは《糸取りの虫》からの連想であろうか。雨情によれば、この《いとと(ど)の虫》こそコオロギのことなのだ、という。あるいはコオロギの地方名かとも思われるが、未詳である。

赤い靴

赤い靴　はいてた
女の子
異人さんに　つれられて
行っちゃった

横浜の　埠頭《はとば》から
船に乗って
異人さんに　つれられて
行っちゃった

　童謡集『青い眼の人形』に収録。初出は一九二一（大10）年一二月号の「小学女生」である。本居長世の曲があり、横浜の山下公園ほかにこの唄にちなんだ像などがある。

　「横浜の 埠頭から」には、当時は北米への渡航者の大部分が横浜から乗船してシアトルで下船したという事実が背景にある。場所を特定することによってイメージを鮮明にした手腕はみごとだ。

　「行っちゃった」「なっちゃって」は東京の地方語だが、同音をたたみかけるように繰りかえして効果的である。

　何よりも、洋行した女の子は今ごろ青い目になってしまったという思考は、普通のおとなには思いもよらな

今では　青い目に
なっちゃって
異人さんのお国に
いるんだろう

赤い靴　見るたび
考える
異人さんに逢うたび
考える

い。子どもの発想をみごとに捉えた童謡である。

　雨情が『童謡と童心芸術』に書いているところによると、この童謡は「青い眼の人形」と反対の気持ちをうたったものだ、という。同じ本で、日本からアメリカへ渡った女の子に対する惻隠〔そくいん〕の情（かわいそうに思い、あわれむ気もち）を見遁〔みのが〕さぬようにしていただきたい、という意味のことを記している。

　ところで、詩人の大岡信は『定本野口雨情』第三巻の「解説」で、この童謡は強奪される女性、買われてゆく女性という性的な意味あいを暗示している、というようなことを書いている。事実、この童謡は人さらいを歌ったものだとか、外国に売り飛ばされる女の子を歌ったものだ、というイメージが浸透している。

　しかし、この唄が人さらいや人身売

買の童謡だというのは全くの誤解で、その証拠にこの童謡には実在のモデルが存在する、という説が有力だ。そのモデルだといわれているのが《岩崎きみ》という少女で、やむをえない事情からアメリカ人宣教師夫妻の養女にだされた。その話を北海道で新聞記者をしていた雨情が聴いて、この童謡を創ったのだという。

ただ、現実の少女はアメリカへ渡らないまま東京で病死している。雨情はそれを知らないまま童謡を創ったのだから、赤い靴の少女が実在するという説をあまりにも強調しすぎると、童謡の解釈をゆがめてしまうことになりかねない。

蛍のいない蛍籠

蛍のいない　蛍籠
蛍は
飛んで　逃げました
今朝目がさめて　見たときに
蛍は
飛んで　逃げました

童謡集『青い眼の人形』に収録。初出は一九二一（大10）年一〇月号の「小学女生」である。

雨情は『童謡と童心芸術』で、この童謡について次のような説明をしている。

——この童謡は夏の朝のすがすがしい心持をうたったのであります。ほたる籠の中でほたるが毎夕あかりをともすのを見てたのしんでいたのでした。今朝ほたるかごを見ますと、ほたるはいません。庭のダリヤの葉の上から植込みの中へすうっとにげてゆきました。今夜からは蛍のあかりをみることが出来ない。蛍のいなくなった蛍籠はなんという物足らないさびしい感じのするものであるかとこうした気分を

青い　ダリヤの葉の上を
急いで
飛んで　逃げました
高い　お庭の木の上を
急いで
飛んで　逃げました

蛍のいない　蛍籠
さびしい
籠に　なりました

味って下さい。

「蛍籠」は蛍を入れておくカゴで、夏の季語。竹ヒゴや麦わらなどを主な材料にしてつくったものが多かったようだ。

むかし、ホタル狩りは子どもたちの夏の楽しみのひとつであった。採ったホタルは蚊帳のなかに放したり、蛍籠に入れたりしたものだ。蛍籠には蛍といっしょに草をたっぷり入れ、軒先などにつるして観賞する。

伝承わらべ唄にホタル狩りの唄は多いが、ホタルのいない蛍籠というモチーフはいかにも近代童謡らしいものだ。「さびしい／籠に なりました」という結びに、雨情童謡に特徴的な寂寥感がうかがえる。

くたびれこま

かんぶり　ふりふり
かんぶり　ふりふり
くたびれました
くたびれました
赤いこまが
くたびれました

童謡集『青い眼の人形』に収録。初出は不詳である。

「かんぶり」は《冠》のことで、《頭》の意。茨城の地方語である。「かんぶり」の音が「ふりふり」の音に通じるところに面白味がある。

「赤いこま」と「青いこま」の対比はあるものの、全体としてほぼ同じ詩句の繰りかえしで構成されている。勢いの弱まったコマの軸がぶれる動きを「くたびれました」と見立てる発想自体は、さほど新鮮とはいえない。

ところが、「赤（青）いこまが／くたびれました」とたたみ込まれてみると、なんともいえないとぼけた味わいが感じられるから不思議なものだ。地方語の響きを活かした調子の良さこそ

かんぶり　ふりふり
かんぶり　ふりふり
くたびれました
くたびれました
青いこまが
くたびれました

が、童謡の読後に好ましいイメージを
与える源泉なのだろう。

海ひよどり

磯にとまって
海鵯《ひよどり》は
海の向うの
夢をみた

海の向うに
小さい船が
赤い帆かけて
走ってる

童謡集『青い眼の人形』に収録。初出は一九二二（大11）年一〇月号の「童話」である。本居長世の曲がある。初出誌のこの号は「童謡号」と題され、童謡特集が組まれた。雨情のほか、西條八十・北原白秋・三木露風・島木赤彦が童謡を寄稿。長世と山田耕筰が作曲を分担するという豪華な顔ぶれであった。童謡集への収録時に、「舟」を「船」に変え、第三連の「いつか別れた 子供が」をいまのように変えた。

国内に標準和名で「海ひよどり」という鳥は存在しない。チドリの類をイメージすれば良いのだろうか。初出誌の挿画でも、そのようなイメージで描かれている。ただ、ツグミ科のイソヒ

赤い帆かけた
小さい船に
いつか別れた子供が
乗ってる

船と子供を
海鴨は
磯にとまって
夢にみた

ヨドリという鳥なら存在する。海岸でよく見かけるので、ひょっとしたらこの鳥のことかもしれない。

――海の向うに小さい舟が赤い帆かけて走っている、赤い帆をかけた舟の中には、たったひとり子供が乗っている。その子供はいつか別れた私の子供に似ている。別れた子供は恋しいと夢でも見ているのではあるまいか、こうした気分が歌詞となったのであります。

雨情は『童謡と童心芸術』で、このように書いている。

この童謡では磯にとまった海ひよどりの夢が描かれている。読者の眼前に拡がるわびしい磯辺の風景のむこうに、哀しい子別れの物語がみえて、それらが二重写しになっている。

つば子

つば子が来てる
つば子が来てる
つばめの子供の
つば子が来てる
つば子よお母《つか》さんと
来たのかい

童謡集『青い眼の人形』に収録。初出は不詳である。

　雨情は『童心と童謡芸術』で、この童謡の内容を次のように説明している。

　――もういつの間にかつばめが来ているという春の訪れの早いのにおどろいた心持を表わしたものであります。

　童謡に描かれていることは、たったこれだけのことだ。それでも、ふと気がついてみると、いつの間にかつばめとの会話の内容にひき込まれ、すっかりツバメに感情移入をしてしまっている。不思議な魅力のある童謡である。

　それにしても、この童謡はわずか一四行のなかで、「つば子が来てる」という詩句を六度（六行）も繰りかえ

お母さんはあとから
まいります
一船《ひとふね》おくれて
まいります

つば子が来てる
つば子が来てる
一船さきに
つば子が来てる

（註。つば子とは燕の子に仮につけた呼び名です）

している。並の詩人がこれを真似ると、たちまち冗漫・単調の弊に陥ってしまうにちがいない。これを雨情は繰りかえしの詩句の間につばめとの会話を挟んで変化をつけ、「一船さきに／つば子が来てる」と器用にまとめあげている。

　このように、言葉の調子の絶妙なバランスのうえになりたつ童謡を書くとしたら、まず雨情の右にでる詩人はあるまい。

　関連する童謡に「木の葉のお船」（「コドモノクニ」一九二六年四月号）がある。これは「帰る燕は／木の葉のお船ネ…」と、ツバメが船に乗る発想の童謡で、中山晋平の曲がある。

釣鐘草《つりがねそう》

小さい蜂が
来てたたく
釣鐘草の
釣鐘よ
子供が見てても
来てたたく

童謡集『青い眼の人形』に収録。初出は一九二三（大12）年七月号の「芸術教育」と思われるが不詳である。

ふつう「釣鐘草」といえば、園芸植物の《カンパニュラ》の和名である。しかし、ここでは山野草の《ツリガネニンジン》のことだろう。漢字では《釣鐘人参》と書く。キキョウ科の多年草で、七〇センチほどの高さに成長し、別名を《ツリガネソウ》という。秋になると、茎の頂上に釣鐘の形をした紫色の花をたくさん輪のように咲かせ、愛らしい。若葉を《トトキ》といって食用にするほか、根茎は漢方薬にもなるので、むかしから日本の田園生活には欠かせない山野草のひとつである。

大人が見てても
来てたたく
釣鐘草の
釣鐘よ
静かに咲いてる
釣鐘よ

田園の風物を素直に写生する童謡だ。ツリガネソウの花にハチが蜜を集めにくる様子を、ハチが釣鐘をたたくさまに見立てている。ハチはすっかり蜜に夢中だから、人間のことなど気にせず、釣鐘をたたき続ける。

　そんな見立て自体は平凡だが、そこから鐘の音を連想せず、「静かに咲いてる／釣鐘よ」と締めくくる。意表をついた連想が楽しい。

風鈴

風鈴さんが
ちんちん鳴ると
涼しそう

ちんちん鳴った
ちんちん鳴ったと
大人も子供も
よろこんだ

童謡集『青い眼の人形』に収録。初出は一九二二（大11）年一一月号の「コドモノクニ」である。中山晋平の曲がある。

この童謡には、夏と秋のふたつの対照的な風景が描かれている。

まず夏の風景である。これを雨情は『童謡と童心芸術』で次のように書いている。

――家内中揃って、お座敷の縁側へ出て昼の暑さを忘れています。今にもお月さまの上ってくるのをみんな待っていました。真昼の暑さにひきかえて、水をまいたお庭から冷やこい風がふいて軒場に吊してある風鈴がちんちんなると「風鈴がなったよ」子供も大人も愉快そうに話し合っています。それは夏の一家のたのしみでありました。

いまでは、もうほとんど忘れさられた夏のすごし方であり、風物詩だ。家庭にクーラーがない時代に、夏の夜に

秋になると
風鈴さんは
かわいそう

ちんちん鳴っても
いつまで鳴っても
子供も大人も
だまってる

涼を求める一家の楽しみの中心は、風鈴の音であった。それは同時に、一家のささやかな幸せを象徴する道具立てでもあった。

　ところが、秋になると事情は一変する。もう誰ひとりとして風鈴の音に見むきもしない。

　同じ本のなかで、雨情は次のように書いている。

——なんという人の心の我ままなことでありましょう。必要であるときにはあんなにかわいがって、必要でなくなれば、放って顧「かえりみ」るものもないという人情のありさまをうたったのであります。

　この童謡は、こうした移ろいやすい人の心の機微をテーマにしたものである。この童謡を雨情の人生の歩みに照らしあわせて読むとき、雨情は秋の風鈴に不遇な頃の自分を投影しているような気がしてならない。

五つの指

おとしは
いくつ
一本
指出した
おや〱
ひとつ
三本
指出した

童謡集『青い眼の人形』に収録。初出は不詳である。

　おとなは、よく子どもの歳を訊〔き〕きたがる。しかし、ほんとうに子どもの歳を知りたい場合はごくまれで、ほとんどの場合はそんなことなど、どうでもいいと思っている。挨拶がわりに訊いているのだ。《おとしはいくつ?》《おやおやひとつ?》《ほんとはいくつ?》《ほんとにいくつ?》と、子どもとの間の会話を楽しんでいるにすぎない。

　そんなことなど少しも知らず、懸命に自分の歳を答えようとする幼児の姿は、実にほほえましい。

　雨情の童謡に「お歳は二つ」（童謡集『青い眼の人形』に収録）がある。

ほんとは
いくつ
四本《しほん》
指出した
ほんとに
いくつ
みんな
指出した

「お歳は二つ／おりこうな児だよ」という詩句が繰りかえされ、やや概念的な内容に終始している。

　これに比べて「みんな／指出した」という締めくくりは秀逸だ。おりこうであるとか、かわいいとか、概念的な言葉をいっさい排除し、子どもの愛らしい姿をみごとに活写している。子どもの心を純真と考え、それを理想とする童心主義の思潮を体現した童謡だといえるが、すでにここではそうした理屈を超越しているような気もする。

　なお、関連する雨情の童謡に「五つの歳」（「コドモアサヒ」一九二九年二月号）がある。

おぼろお月さん

おぼろお月さん
歳《とし》ャいくつ
十《とお》と六つ寝りゃ
十と六つ
おぼろお月さん
歳ャいくつ

童謡集『青い眼の人形』に収録。初出は不詳である。藤井清水の曲がある。

　月に年齢を問う童謡で、おそらく全国に広く分布する伝承わらべ唄「お月さん幾「いく」つ」を踏まえたものだろう。これは「お月さん幾つ　十三　七つ／まだ年ァ若いね／あの子を生んでこの子を生んで…」というもので、月を見ながら歌われるほか、手毬唄や子守唄としても歌われたようだ。雨情の場合は、ふつうの月にではなく、おぼろ月に歳を訊ねるところが新しい。

　伝承わらべ唄における《十三七つ》の部分は、地域によっては《十三一つ》や《十三九つ》とも歌い継がれていて、意味はよくわからない。雨情の

十と三つ寝りゃ
十と三つ
十三七《じゅうさんなな》つにゃ
まだ遠い
おぼろお月さん
十と一つ

童謡にも「十と六つ」「十と三つ」「十三七つ」「十と一つ」と数字が登場するが、数字自体に特別な意味はないようだ。おそらく、童謡の調子からでたものであろう。

ただ、「十と六つ」「十と三つ」では「十三七つ」にまだ遠いという部分を取りだしてみると、妙に理屈だけはあっている。子どもを生む歳には「まだ遠い」のである。

理屈があっているようで、よくわからない――雨情はおそらく、そんな不思議な雰囲気をかもしだすことを意図したのだろう。

なお、磯原の野口家には、代々、三日月に柏手をうって感謝と願いごとをする習慣があるという。

よいく横町《よこちょう》

よいく横町で
見た月は　見た月は
半分かけてた
朝の月　アノ朝の月
お空にぼんやり
出た月は　出た月は

童謡集『蛍の燈台』（一九二六 新潮社）に収録。初出は一九二六（大15）年一月四日付の「東京日日新聞」である。初出では第一連・第三連・第五連にも《アノ》の合いの手が入っていたが、童謡集への収録時に削除された。完全な同型の繰りかえしになることを嫌った改稿だろう。山田耕筰のほか、藤井清水の曲がある。

　半月は夜半に地上から現れ、朝方に空の真上あたりで見えなくなる。昼に見える月は、白くぼんやりと見える。満月には餅を搗くウサギのシルエットがはっきりと見える。それぞれ異なった三種類の月をおおらかにゆったりと歌いあげている。伝承わらべ唄ふうの発想をひきながらも、民謡ふうに仕上

夢みて寝ぼけた
　昼の月　アノ昼の月
兎がお餅を
　搗《つ》く月は　搗く月は
十五夜お月で
　丸い月　アノ丸い月

げられた童謡だ。

　古茂田信男は『七つの子　野口雨情歌のふるさと』のなかで、この童謡に歌われた横町は、福島県いわき市常磐湯本町の温泉街にある《横丁通り》という通りがモデルだという説を紹介している。雨情は故郷・磯原を離れ、子どもをつれてこの町の芸者置屋・柏屋に寄留したことがあった。そのおりにここで見た月にちがいない、というのだ。なにも常磐湯本温泉とまで場所を限定する必要はないが、地方のちょっとした町だろう、という解釈には説得力がある。

　初期の雨情には農村風景を描いた童謡が多いが、これらと比べてひと味もふた味も雰囲気がちがっている。

雨降りお月さん

一

雨降りお月さん
雲の蔭《かげ》
お嫁にゆくときゃ
誰《たれ》とゆく

童謡集『蛍の燈台』に収録。これは、ふたつの童謡を併せてひとつにしたものだ。一番は一九二五（大14）年一月臨時増刊号の「コドモノクニ」に「雨降りお月さん」と題して、二番は同年三月号の同誌に「つゞき」と註記したうえ「雲の蔭」と題して掲載。中山晋平がアクセントのちがいを考慮して一番と二番に別のメロディーをつけた。晋平の『童謡小曲』（一九二六 山野楽器店）では、「雨降りお月」と改題。歌詞も少し変えられている。常磐自動車道の中郷サービスエリアに碑がある。

　大気中の水蒸気が原因で、月や太陽のまわりに出現する輪状の光のことを暈［かさ］という。月や太陽に暈がか

ひとりで傘《からかさ》
さしてゆく
傘ないときゃ
誰とゆく
シャラ　シャラ　シャン　シャン
鈴つけた
お馬にゆられて
濡れてゆく

かると雨の降ることが多いので、暈から雨傘を連想したのだろう。類似する発想は雨情の「屋根なし傘〔からかさ〕」（童謡集『青い眼の人形』に収録）にもあって、「おぼろお月さんは／花嫁さん／屋根なし傘を／さしている…」と描かれている。雨が降っても、輪状をしている暈には屋根がない。そこから「屋根なし傘」をイメージしたのである。

　また、むかしの婚礼は、夜になってから嫁入り先でおこなわれることが普通であった。だから、月と花嫁を取りあわせることは童謡によくある発想だ。

　後年の「花かげ」（大村主計〔かずえ〕・作詞／豊田義一〔とよたよしかず〕・作曲）にも、「十五夜お月様　一人ぼち／桜吹雪の　花かげに／花嫁姿の　お姉様…」とある。

　ところが、「雨降りお月さん」では

二

いそがにゃお馬よ
夜《よ》が明ける
手綱《たづな》の下から
ちょいと見たりゃ
お袖でお顔を
隠してる

雨降りで雲がかかっているから、お月さんが見えない。見えないお月さんを、花嫁衣装の袖で恥ずかしそうに顔を隠す花嫁に見立てる発想がこの童謡のユニークなところだ。「シャラ シャラ シャン シャン」という鈴の音が幻想的な雰囲気を高めている。

　むかし、花嫁は馬や牛に乗ったものだ。雨情の最初の妻・ひろも、栃木県喜連川から馬に乗って嫁入りしてきた、という。花嫁行列は二日もかかって磯原の野口家に着いたが、婚礼の日はあいにくの雨もようであった、とも伝えられている。

　雨情自身のそんな体験が、この童謡に反映しているのかもしれない。

お袖は濡れても
干しゃ乾く
雨降りお月さん
雲の蔭
お馬にゆられて
ぬれてゆく

俵はごろ〱

俵は　ごろ〱
　お蔵にどっさりこ
お米はざっくりこで
　チュ〱鼠はにっこりこ
お星さまぴっかりこ
　夜《よる》のお空でぴっかりこ

童謡集『蛍の燈台』に収録。初出は一九二五（大14）年一二月号の「金の星」である。童謡集への収録時に、「俵は／ごろ〱／／お蔵に／どっさりこ／／お米は／ざっくりこ／／チュ鼠は／にっこりこ／／お星さま／ぴっかりこ／／夜のお空に／ぴっかりこ」をいまのように変えた。本居長世によって民謡ふうの曲がつけられているほか、山田耕筰の曲がある。常磐自動車道の中郷サービスエリアに碑がある。

　本来であれば、農家にとって米を食いあらすネズミは大敵だ。また、どちらかというと、西洋ではネズミは魔女の使いであったりして、あまり良いイメージはないようだ。

しかし、わが国では大黒天のお使いでもあるとされ、多産や豊穣のシンボルとして扱われている。この童謡でも、蔵に俵が「ごろ〱」「どっさりこ」というのだから、ネズミに豊作を祝ったり祈ったりする意味をもたせている。

雨情の童謡「鼠の嫁入り」（童謡集『蛍の燈台』に収録）でも「鼠の嫁入り／紙の袋に／お米をいれてもってった…」と、ネズミの嫁入りがめでたくにぎやかに描かれている。

茶柄杓《ちゃびしゃく》

甘茶《あまちゃ》が　わいた
茶がわいた
お寺の茶釜に
いっぱい　わいた
柄杓《ひしゃく》で汲《く》まなきゃ
汲まれない

童謡集『蛍の燈台』に収録。初出は不詳である。山田耕筰の曲がある。

灌仏会［かんぶつえ］を題材にした童謡である。《灌仏会》とは、四月八日に釈迦の降誕を祝っておこなう法会のことで、《花祭り》ともいう。春の季語。釈迦の誕生を祝して竜王が香水［こうずい］を注ぎかけたという伝説にちなんで、花で飾った花御堂［はなみどう］に釈迦の誕生仏を安置し、甘茶をかける。

「甘茶」は植物のアマチャまたはアマチャヅルの葉を茶葉のように処理したものを煎じた飲みものである。

「茶柄杓」は茶の湯で、湯を釜から汲みだすために用いる柄杓。この場合は甘茶を汲む柄杓である。

柄杓で汲んだりゃ
ちょいと汲めた
お釈迦《しゃか》さんにちょいと汲んで
ちょいとあげた

子どもたちは、毎年の法会を楽しみにしている。多くの場合、祭りの主役は子どもたちだからだ。「お釈迦さんにちょいと汲んで／ちょいとあげた」という結びに、子どもたちの喜びの気もちが表現されている。

なお、幕末から明治にかけて流行した俗謡に「かっぽれ」がある。この俗謡の囃子ことばは「かっぽれ、かっぽれ、甘茶でかっぽれ、塩茶でかっぽれ」というものだ。

いくら酒好き・宴会好きの雨情とはいえ、この童謡とは直接の関係はあるまい。しかし、この童謡を聴いたおとなは、俗謡のことを連想してにやりとするかもしれない。

箱根の山

箱根のお山で
狐が啼いた
とんがり口《ぐち》して
コーンと啼いた
とんがり口して
コーンと啼いた

童謡集『蛍の燈台』に収録。初出は一九二四（大13）年六月号の「コドモノクニ」である。山田耕筰の曲がある。

「懸巣」はカラス科の野鳥。全長およそ三〇センチほどで、ハトよりやや小さい。身体は淡いブドウ色で、尾は黒く、腰は白で、翼は黒・白・藍色の斑が美しい。他の鳥や動物の声を上手にまねる。機械音をまねて人を驚かすこともあり、好奇心おうせいな鳥である。カシの実を好むので、《カシドリ》ともいう。

狐が「コーン」と啼くのでは、少しばかり平凡すぎるような気もする。しかし、この童謡ではカケスのものまねが軸になっているので、これは仕方が

懸巣《かけす》が真似《まね》して
コーンと啼いた
ほんとの狐と
狐が思った
とんがり口して
ココンと啼いた

ない。
むしろ、締めくくりの「ココン」という狐の返事のユニークさを褒めたい。

影踏み

お出し　お月さん
影法師《かげぼうし》　お出し

出そか　影法師
踏まそか　とんと

お出し　影法師
影法師　お出し

童謡集『蛍の燈台』に収録。初出は一九二三（大12）年一〇月号の「金の星」である。童謡集への収録時に、「お出し お月さん／影法師 お出し／／出そか 影法師／踏まそか とんと／／うつれ 影法師／影法師 うつれ／／出たか 影法師／踏んだか とんと／／お出し お月さん／影法師 お出し／／うつれ 影法師／踏め踏め とんと」をいまのように変えた。初出の締めくくりではどうしても調子が単調になりがちなところを「踏むから お出し」とやや変化をつけたあたりは、いかにも雨情らしくみごとな手腕だ。藤井清水の曲がある。

　初出誌にはタイトル横に「影踏み遊技童謡」という註釈が附されている。

出した　影法師
踏んだか　とんと
お出し　お月さん
影法師　お出し
お出し　影法師
踏むから　お出し

満月の晩の出来事であろうか。明るい月の光で地面に影ができた。まだ宵のうちなので、影は長くのびている。子どもたちは互いに影を踏みあっている。そんな影踏み遊びに興じる子どもたちのために創られた遊戯唄だ。

「お出し お月さん」「お出し 影法師」「とんと」の繰りかえしがリズミカルな響きを演出している。伝承わらべ唄の雰囲気のある童謡だが、月夜の晩の影法師というモチーフには幻想的なイメージが色濃く漂っている。

かくれんぼ

下駄《げた》に火がつく
かくれんぼ出て来《こ》

出て来　かくれんぼ
鼻緒《はなお》が燃える

下駄に火がつく
鬼さん留守だ

童謡集『蛍の燈台』に収録。初出は一九二四（大13）年三月号の「金の星」である。初出のタイトルには「(自動遊び童謡)」との添え書きがあるが、意味不明。童謡集への収録時に、第三連の「鬼さんは／留守だ」をいまのように変えた。山田耕筰の曲がある。

この童謡では、かくれんぼ遊びをしている子どもに「出て来」と呼びかけている。

《鬼さんが留守だから出て来い》というなら普通だが、「下駄に火がつく」「鼻緒が燃える」と囃したてられてしまっては、もう仕方がない。そうまでいわれたら、鬼が留守であろうがあるまいが、出ていかざるをえないで

出て来　かくれんぼ
かくれんぼ出て来

はないか。

「烏 かねもん 勘三郎」という伝承わらべ唄があり、夕焼けを火事に見立てた子どもたちがカラスをからかっている。してみると「下駄に火がつく」「鼻緒が燃える」という詩句も、伝承わらべ唄の世界から発想されたものかもしれない。

――もう夕方になった。夕焼けが真っ赤に燃えているから、早く家へ帰ろうよ。

この童謡は、こんなふうに遊び友だちたちへ呼びかけているのではないだろうか。

雨情の「童謡の作り方」（「少年倶楽部」一九二五年八～一二月号）に、「夕やけ小やけ／下駄に火が／つくぞ」という童謡が例示されている。今年三つになる弟がこう歌ったのを受持ちの先生に話したら「それは立派な童謡だ」と言った。僕ならばもっと別な

いいことを考えると意気込んで童謡を創ったら、「君よりも君の弟さんの方がうまいじゃないか」と言われてしまった、という。雨情はそんな笑い話で童心の大切さを説いている。

　なお、同じ童謡集にもうひとつの「かくれんぼ」というタイトルの童謡がある。これは「見えた 見えた 見えた…」という出だしのもので、藤井清水の曲がついている。

チックリ虫

とんぼ来い来い
釣瓶《つるべ》にとまれ
井戸の釣瓶は
日が永《なが》い
草にとまるな
チックリ虫いるぞ

童謡集『蛍の燈台』に収録。初出は不詳である。山田耕筰の曲がある。

　この童謡は伝承わらべ唄の「ホーホー蛍こい」のようにトンボを呼ぶ唄だ。七・七・七・五のリズムに安定性があってここち良い。

「釣瓶」は縄の先につけて井戸水を汲み上げるのに使う桶のこと。竿の先につけた跳ね釣瓶かもしれない。ふつうなら、日の暮れやすいことを、釣瓶を井戸のなかに落とすことにたとえて《釣瓶落とし》というところだ。それを「井戸の釣瓶は／日が永い」と表現するところに面白味がでている。

「チックリ虫」は人を刺す虫のことだろうが、不詳である。「今朝も泣く子の／足刺した」は、チックリ虫に刺

今朝も泣く子の
足刺した

されたから泣くのではない。泣く子だから刺されるのだ。

　むろん、これには教訓的な意味はない。伝承わらべ唄によくある表現からヒントを得た詩句であろう。

お母《つか》さんと一緒

おもちゃの手桶を
買って来た
おもちゃの手桶で
なに汲《く》んだ
お母さんと一緒に
水汲んだ

童謡集『蛍の燈台』に収録。初出は一九二二（大11）年八月号の「児童の心」と思われる。

　電化製品などがないので、この時代のお母さんはいそがしい。

　手桶で水を汲むようなシーンを現代の日常生活で見かけることは滅多にないが、むかしは井戸から水を汲む仕事は日常生活に不可欠であった。おそらく、お母さんは風呂を沸かそうとしているのだろう。庭を掃くのは、落ち葉でも集めようとしているのかもしれない。風呂は薪を焚いて沸かすことが一般的だったから、落ち葉であっても立派な燃料になる、というわけだ。

　この時代は、子どもであっても貴重な労働力なので、さまざまな仕事が割

おもちゃの箒《ほうき》で
なに掃いた
お母さんと一緒に
庭掃いた

り当てられる。風呂の水運びなどはそうした仕事のひとつだった。しかし、おもちゃの手桶や箒を買ってもらうような子は、まだ小さすぎて役にたたない。

それでも、幼い子どもがおとなのまねをして《お仕事》をすることは、よくあることだ。子どもにとっては成長のあかしなのである。お母さんと一緒に《お仕事》をしているのだから、なおさらうれしいにちがいない。そんな幼児の気もちがよく現れている。

また、この時代のゴッコ遊びには、将来、子どもに割り当てられるはずの仕事を覚えていく準備という意味もあった。

兎のダンス

ソソラ　ソラ　ソラ兎のダンス
タラッタ　ラッタ　ラッタ
ラッタ　ラッタ　ラッタ　ラ

脚《あし》で蹴《け》り蹴り
ピョッコ　ピョッコ　踊る
耳に鉢巻　ラッタ　ラッタ　ラッタ　ラ

童謡集『蛍の燈台』に収録。初出は一九二四（大13）年五月号の「コドモノクニ」である。童謡集への収録時に、行の区切り方などの構成を大きく変えた。中山晋平の曲があり、明るく楽しいイメージにあふれた二部形式に仕上げられている。一九二九（昭4）年には、平井英子のレコードが発売されて、大ヒットした。児童舞踊の唄として、おおいに普及したようだ。ほかに、山田耕筰や下総皖一の曲がある。常磐自動車道の中郷サービスエリアに碑がある。

この童謡の価値は、リズミカルなオノマトペや囃子ことばにある。これらを除くと、第一連が「兎のダンス」、第二連が「脚で蹴り蹴り」「踊る」「耳に鉢巻」、第三連が「可愛いダンス」、第四連が「とんで跳ね跳ね」「踊る」「脚に赤靴」が残るだけで、ほとんど意味をなさない。ところが、ひとたびオノマトペや囃子ことばが入ると、ウサギ

ソソラ　ソラ　ソラ可愛《かわい》いダンス
タラッタ　ラッタ　ラッタ
ラッタ　ラッタ　ラッタ　ラ

とんで跳ね跳ね
ピョッコ　ピョッコ　踊る
脚に赤靴　ラッタ　ラッタ　ラッタ　ラ

が飛び跳ねるユーモラスな動きがまるで目に見えるようだ。童謡の調子を重視した雨情のひとつの達成点だといえる。こうした技法は「證城寺の狸囃」に引き継がれていく。

ところで、雨情の長男・野口雅夫は「蜀黍畑」の項などでも取りあげた「没落をうたった『黄金虫』」で、次のように書いている。

――餅の好きだった父は、餅を焼きながらふくれたりへこんだりする餅にウサギのダンスを思い浮かべ、後の「兎のダンス」が生まれたのだと思います。

残念ながら、この証言には根拠が書かれていない。雨情はモチを焼きながら、長男に何かヒントになるようなことをいっていたのだろうか。

もし雨情がモチの動きからウサギのダンスを思い浮かべたとすれば、一流の詩人には常人の思いもよらない想像力がある、ということだ。

ねむの木

ねむれよ　ねむれ
　ねむの木よねむれ
夕闇ァ来たぞ
ねむの木が
　ねむりゃ

童謡集『蛍の燈台』に収録。初出は一九二五（大14）年八月号の「コドモノクニ」である。中山晋平のほか、中田喜直［なかだよしなお］や仁木他喜雄［にきたきお］の曲がある。

この童謡は、子守唄のなかでも《眠らせ唄》と呼ばれるジャンルの伝承わらべ唄を思わせる。

「ねむれよ　ねむれ／ねむの木よねむれ」と《ねむ》の音を重ね、優しく子どもを眠りにさそうようなリズムにのせて、いかにも眠そうなイメージを演出している。

「ねむの木」は《合歓の木》と書く。マメ科の落葉高木で、山野に自生し、六～七月ごろに淡い紅色の美しい花が咲く。夏の季語。大型で羽根状の

雀もかえる
河原の藪《やぶ》へ
　雀よかえれ
夕星《ゆうほし》ァ出たぞ
雀がかえりゃ
　ねむの木もねむる

複葉をもつが、夕方になると朝まで小葉が閉じあわさってしまう。この様子が眠るように見えることから、ネムノキの名がついた。

　なお、雨情は同じ年の「童謡」五月号に「合歓の花」を掲載。こちらには宮原禎次の曲がある。内容は「眠れ、眠れ／合歓の花眠れ…」というものだ。ネムノキの葉を眠らせるのではなく、ネムノキの花を眠らせよう、という発想がユニークな童謡である。

蛍の燈台

お日が暮《くれ》れば
　ほたるの燈台
ほたるの燈台
　小さい燈台
ぴかりぴかりと
　皆《みな》光る　皆光る

童謡集『蛍の燈台』に収録。初出は一九二五（大14）年七月号の「コドモノクニ」である。中山晋平の曲がある。

　この童謡に登場するホタルは、大型のゲンジボタルか、やや小型のヘイケボタルだろう。ホタルの光は呼吸と連動して明滅するので、その様子を燈台のあかりの明滅に見立てている。ただ、「ぴかりぴかり」というオノマトペは、やや平凡か。

　なお、雨情は『童謡唱歌名曲全集』第二巻（一九三一　京文社）に「蛍の学校」を掲載して、室崎琴月〔むろざききんげつ〕が作曲を担当している。内容は「蛍の学校が 始まった／田甫〔たんぼ〕で提灯 とぼしてる…」というも

ぴかりぴかりと
　ほたるの燈台
ほたるの燈台
　かわゆい燈台
かわりがわりに
　皆光る　皆光る

のだ。ここではホタルの光を提灯に見立てているが、ホタルの光は明滅するので、見立てとしては提灯より燈台のほうに軍配があがる。

牛舎《うしゃ》の仔牛

廻れ廻れ
輪になって廻れ
牛舎の仔牛は
いなくなった
親牛ャ寝たきり
まだ起きぬ

童謡集『蛍の燈台』に収録。初出は一九二四（大13）年二月号の「コドモアサヒ」である。童謡集への収録時に、第六連の「斑〔あめ〕牛」をいまのように変えた。

この童謡は「廻れ廻れ／輪になって廻れ／／牛舎の仔牛は／いなくなった／／親牛ャ寝たきり／まだ起きぬ」という詩句の繰りかえしを軸にして構成されている。仔牛が輪になって廻っているように、童謡の詩句自体もまるで輪になって廻っているかのようだ。

ところが、同じ詩句を二度まで繰りかえしたあと、三度めは「牛舎の仔牛は／いなくなった」でうち切っている。こんなふうに、まったく同じ詩句の繰りかえしの連鎖を断ち切ることに

廻れ廻れ
輪になって廻れ
牛舎の仔牛は
いなくなった
親牛ャ寝たきり
まだ起きぬ
廻れ廻れ
輪になって廻れ

よって調子に変化をつけ、童謡を締めくくっている。

　雨情は童謡の調子をきわめて重視した。ところが、調子というものは詩人の内的な言語感覚であるから、他者がこれを理解することは難しい。ただ、この童謡で用いられた技法を通じて、雨情のいう調子の意味の一端が理解できるように思う。

牛舎の仔牛は いなくなった

こん〱狐《ぎつね》

一

急ぎやれ急ぎやれ
この道は。

こん〱狐の
出る道じゃ　出る道じゃ

さアさ急いで
通りゃんせ

童謡集『蛍の燈台』に収録。初出は一九二四（大13）年一二月号の「婦女界」である。雨情の民謡集『のきばすずめ』（一九二五 東華書院）にも収録されている。雨情は童謡と民謡との間にあまり明確な区別をつけていなかったようだ。

この童謡は雨情が「婦女界」の愛読者大会のため新たに創ったもので、中山晋平が曲をつけた。大会は初出の年の一〇月一二日の開催であった。当日は舞踊家・藤間静枝の弟子たちが、この唄にあわせて踊りを披露した、という。

内容は、こわい狐が出てきて化かされるから道を急げ、というものだ。これは子どもたちが関所遊びで「通りゃ

おお　こわこわや
狐はこわや
こん〱狐が出りゃこわや

二

急ぎやれ急ぎやれ
この藪《やぶ》は。
日暮《ひぐれ》にゃ狐の
出る藪じゃ　出る藪じゃ

んせ　通りゃんせ／此処〔ここ〕は何処〔どこ〕の細道じゃ…」と歌う伝承わらべ唄から、発想のヒントを得たのかもしれない。わらべ唄は「恐いながらも通りゃんせ／通りゃんせ」で締めくくられる。「通りゃんせ」という詩句ばかりか、道中がこわいという発想までがわらべ唄にそっくりだ。

　また、キツネ遊びで歌われる伝承わらべ唄に「コンコン様〔さアま〕」という唄がある。キツネ遊びは鬼ごっこの一種で、「山越〔こ〕えで　川越えで　コンコン様居〔い〕だがい／居だぞい　何〔なに〕してだい…」などと歌いすすみ、唄が終わると、ひとりのキツネ役の子（鬼）から皆がいっせいに逃げだす。そして、キツネにつかまった子が次のキツネになるという遊びだ。そんな遊び唄のことを連想させられる童謡でもある。

　「急ぎやれ」は《おいそぎなさい》

さアさ日暮じゃ
急ぎやんせ
おお　こわ　こわや
日暮はこわや
こん〱狐が出りゃこわや

三

急ぎやれ急ぎやれ
この橋は。

の意。「やれ」はていねいの意を表す古典的表現か。茨城の地方語だ、という説もある。

「急ぎやんせ」も《おいそぎなさい》の意。「やんせ」は茨城の地方語で、ていねいの意を表す。

なお、茨城地方では「こわい」は《疲れた》の意味なのだそうだが、この童謡では明らかに《恐い》の意である。

雨夜《あまよ》にゃ狐の
出る橋じゃ　出る橋じゃ
さアさ急いで
渡りゃんせ
おお　こわ　こわや
狐はこわや
こん〱狐が出りゃこわや

田舎の正月

田舎の正月ァ
長閑《のどか》だナ
豊年祭りも
もうすんだ
畑の仕事も
皆《みな》了《お》えた

童謡集『朝おき雀』（鶴書房）に収録。初出は不詳である。

日本の農村の正月風景である。「どの家も俵は／積んである」というから、前年の秋は豊作であった。だから、「村中 にこ〱／むつましい」と、笑いが絶えない。ニワトリや馬たちでさえ、長閑な正月を楽しんでいる。これこそが、雨情が郷土童謡の創作を通して描いてきた理想郷の姿なのだ。

しかし、この童謡集は一九四三（昭18）年二月二八日付の発行である。

前年の四月に本土への初空襲があり、六月にミッドウェー海戦の大敗北があった。七月には全国中等学校野球大会（いまの高校野球）を中止。童謡

田圃《たんぼ》の仕事も
皆了えた
どの家《いえ》も俵は
積んである
村中　にこ〳〵
むつましい
山でも　森でも
ほほえんだ

集がでた年の二月には、ガダルカナル島からの撤退を《転進》と発表し、標語「撃ちてし止まむ」のポスターを配布。五月にはアッツ島守備隊の全滅を《玉砕》と発表。六月には戦死した山本五十六元帥の国葬を行った。

　現実の農村では、若者たちが徴兵されて、戦死者も続出。農耕馬も軍馬として徴用されている。配給物資として供出しなければならないから、収穫のすんだ米も自分たちの自由にはならない。日用品は欠乏し、各種の勤労奉仕や動員でいそがしい。雨情の郷土童謡とおよそ異なった《郷土》の姿があった。

　あまり戦時下に似つかわしいとは思えないこの童謡集が刊行されたのは、雨情の知友・大関五郎が版元にいたからだ。

　また、戦時中には芸術的児童文学の本や雑誌の出版が政策的に奨励されて

軒端《のきば》にゃ朝から
日が当り
鶏《にわとり》　雄鶏《おんどり》
遊んでる
厩《うまや》の馬まで
気楽だナ

いた、という事情もある。新美南吉の童話集『花のき村と盗人たち』などが刊行されたのも、この頃のことだ。

　もう少し出版企画の時期が遅れていれば、戦局の悪化によって日の目を見ることはなかったかもしれない。

田螺《たにし》の泥遊び

田圃《たんぼ》の　田螺は
泥だらけ
お顔が　どこだか
わからない
お目々も　どこだか
わからない

童謡集『朝おき雀』に収録。初出は一九三四（昭9）年八月号の「幼年倶楽部」である。

タニシには、もともと顔などはない。それを「お顔が　どこだか／わからない／／お目々も　どこだか／わからない」と発想するところに、ナンセンスなおかしみがある。そうした内容を、四・四・五の定型律にのせて、リズミカルに歌いあげている。

なお、関連する童謡に「田螺のお家〔うち〕」（童謡集『蛍の燈台』に収録）がある。これは「日永〔ひなが〕だ日永だ／たんころりん／田螺はお家を／負いあるく／田螺のお家は／泥だらけ…」というもので、モチーフも四・四・五のリズムも同じ童謡だ。

お顔も　お目々も
泥だらけ
たん〳〵　田螺は
田の中に
朝から　晩まで
泥遊び
あっちへ　転げて
どっこいしょ

ただ、発想の面白さからいうと、「田螺のお家」より「田螺の泥遊び」のほうに軍配があがるだろう。

こっちへ　転げて
どっこいしょ

古井戸

ここの井戸は
底なし井戸で
昔　お化《ばけ》が出た井戸だ

雨の降る夜《よ》に
一ツ目小僧が
傘《からかさ》かづいて出た井戸だ

初出は一九二一（大10）年七月号の「少年倶楽部」である。

「一ツ目小僧」は、ひたいに目が一つだけしかない妖怪のこと。多くは小坊主姿で、事八日に出没するという。関東から東北にかけての地域では、目の粗い籠を軒先に高くかかげてこれをおどす風習がある。《事八日》は《ことようか》と読み、旧暦の二月八日と一二月八日のことである。

「傘かづいて」は茨城の地方語で《傘かついで》の意。古傘の化け物は一ツ目で一本足だ。だから、一ツ目小僧に傘はつきものということになる。

「小豆洗い」は妖怪の一種で、《小豆とぎ》ともいう。水辺に多く出没し、小豆をとぐ音をたてる。雨の降る夜な

小豆《あずき》洗いも
ざっく〳〵と
雨の降る夜に出た井戸だ
お化が棲《す》んでた
ここの井戸は
地獄につづいた古井戸だ。

かに出没することが多いようだ。この妖怪は「アズキとごうか、ヒトとって喰うか。ザクザクザク」などと歌いながら出現することもある。

古井戸がこの世とあの世をつなぐ通路だ、という伝説も多い。

この童謡に登場する妖怪たちには、あまり子どもたちを怖がらせるイメージはなく、むしろユーモラスで楽しい感じがある。田舎の社寺や古屋敷の古井戸には、怪異な伝説がつきものだし、子どもは妖怪が大好きだ。だから、郷土の妖怪を歌うことも、立派な郷土童謡のひとつということになる。

関連する雨情の童謡に「お化けの行列／見にいこか／／一つ目小僧の／お通りだ…」という「お化けの行列」(「コドモノクニ」一九二七年五月号)がある。

兎

兎はどちらへ　ゆきました
十五夜お月さんに　つれられて
遠い　遠い　お国へ
ゆきました。

お月さんの
お伴《とも》をして行ったの
お月さんに　つれられて
行ったのよ

初出は一九二一（大10）年九月号の「少年倶楽部」である。

月でウサギが餅つきをするというイメージは平凡だが、十五夜お月さんにつれられてお月さんの国へ行ったという発想がユニークだ。第三連の「お月さんの子供になっちゃって」という詩句は、雨情の童謡「赤い靴」との関連を思わせる。「兎は 帰って来ないわね」の詩句の繰りかえしに、言葉にいいつくせない哀しみがにじみでている。

なお、関連する雨情の童話に「つね子さんと兎」（「小学女生」一九二一年九月号）がある。

つね子さんという女の子がお庭で「兎来い 兎来い／赤い草履「ぞんぞ」

兎は　帰って来ないわね
お月さんの子供になっちゃって
兎は帰って
来ないわね

お月さんのお国で　ぽったんこ
よい〱　も一つ　ぽったんこ
お餅ついて　兎は
いるんだよ。

買ってやろ…」と歌っていると、月から子ウサギがやってくる。つね子さんが赤い草履と花簪［はなかんざし］を買ってやると、「つね子さん ありがとう／赤い簪 ありがとう／／お月さんの国へ／遊びにおいで」という唄が聞こえてくるというものだ。

　ファンタジー性に富んでいるところが、童謡「兎」の世界に通じる。

　ちなみに、雨情はこれらの童謡や童話を発表してまもなく生まれたわが子に恒子と名づけたが、夭折した。この子については「シャボン玉」の項を参照のこと。

黄金虫《こがねむし》

黄金虫は
金持ちだ
金蔵《かねぐら》建てた
蔵《くら》建てた
飴屋で　水飴
買って来た

初出は一九二二（大11）年七月号の「金の塔」である。中山晋平の曲がある。常磐自動車道の中郷サービスエリアに碑がある。

「黄金虫」は《金亀子》とも書く。コガネムシ科の昆虫。体長二センチ前後で、背なかは金属質の光沢のある濃緑色をしている。夏の季語。植物の葉を食害するため、農家や園芸家の嫌われものである。おそらく、雨情は《黄金》の虫という文字のイメージから「黄金虫は／金持ちだ」という発想を得たのだろう。七・五調のリズムと「黄金虫は／金持ちだ…」以下の詩句の繰りかえしは単調だとも思えるが、計算し尽くされた調子の良さが楽しめる。

金持ちの黄金虫が金蔵を建てるのはいいとして、「飴屋で 水飴／買って来た」とはずいぶんささやかな《金持ち》だ。しかし、小遣いやおやつを貰えない子どもにとっては、水飴をなめ

黄金虫は
金持ちだ
金蔵建てた
蔵建てた
子供に　水飴
なめさせた。

ることだけでも、じゅうぶん《金持ち》なのだ。そんな子どもらしい発想がうまく取り入れられている。なお、「飴売り」の項で書いたように、雨情には飴屋に特別な想い出もあった。

　雨情の長男・野口雅夫は「蜀黍畑」の項でも取りあげた「没落をうたった『黄金虫』」で、次のように書いている。

――家が没落して土蔵は修理することもできず、朽ち果てた板蔵は隣村の醤油屋に売ることになりました。父は寂しそうに解体されて荷馬車で運ばれてゆくのをじっと見つめていました。その父の姿を今でも忘れません。家にはいるなり「雅夫、筆と紙とを持って来い」と言うのです。その時のことが後の「黄金虫」の原型になったのだと思います。

　このとき、雨情がいかなることを紙に書きつけたかは不明。「黄金虫」の《原型》を書きつけたのだろうか。

シャボン玉

シャボン玉　飛んだ
屋根まで飛んだ
屋根まで飛んで
こわれて消えた

シャボン玉　消えた
飛ばずに消えた

初出は一九二二（大11）年一一月号の「金の塔」だが、「しゃぼん玉」というタイトルで掲載されている。中山晋平の曲がある。童謡の本文は中山晋平の『童謡小曲』第三集（一九二六山野楽器店）によった。

「シャボン」はスペイン語またはフランス語の音から生まれた言葉だといわれ、江戸時代から《石鹼》とも書かれてきた。

ただ、子どもの間でシャボン玉遊びが一般化するのは、明治期以降のことである。一九〇〇（明33）年一〇月に、初めて私製絵はがきの発行が許可されたが、このはがきの図案には、シャボン玉遊びに興じるふたりの少年の姿が描かれている。

生れて　すぐに
こわれて消えた
風　風　吹くな
シャボン玉飛ばそ

寺山修司は『日本童謡集』（一九七二　光文社）で、この童謡は買われていった女郎（遊女）たちの唄だという説を紹介しているが、まさかそんなことはあるまい。

　また、二番目の妻・つるとの間に生まれた子が幼くして死去したことを悼んだものだ、という俗説がある。しかし、二女・恒子の夭折は一九二四（大13）年九月で、長男・九万男の夭折は一九三一（昭6）年八月だから、童謡の制作よりもあとのことである。

　さらに、雨情が北海道で新聞記者をしていた一九〇八（明41）年三月に、最初の妻・ひろとの間に生まれた長女・みどりが生後まもなく死去したことを悼んだ童謡だ、という説もある。これについても、死後一三年もたってそのような趣旨の童謡を創るか、という疑問が残る。

　こうした俗説について、古茂田信男

は『七つの子 野口雨情 歌のふるさと』で、次のように慎重である。

――この歌は、発表当時は、子どものしゃぼん玉遊びの歌と理解されてきました。そのころ子どものしゃぼん玉遊びは、今よりよく見られる一般的なものだったからです。それがいつの頃からか、亡児への鎮魂歌という解釈がおこなわれるようになりました。このことについて雨情に聞いていないので、今となっては、いずれが本当かはよくわかりません。

童謡も文学作品である。文学作品を作者の個人的な体験とあまりにも直接的に結びつけて解釈してしまうことは、かえって鑑賞を損なうことになりかねない。この童謡は、子どもたちの無邪気なシャボン玉遊びを、どこか儚［はかな］げでもの哀しいイメージで歌いあげたものだ、と解釈しておけば良いのではないか。

あの町この町

あの町この町
　日がくれる　日がくれる
今来たこの道
　帰りゃんせ　帰りゃんせ
お家《うち》がだんだん
　遠くなる　遠くなる

　初出は一九二四（大13）年一月号の「コドモノクニ」である。中山晋平の曲がある。中山晋平との共著『金の星童謡曲譜』第九輯（一九二五　金の星社）への収録時に、第一連の「日がくれる」を「日が暮れる」に、第五連の「お空の」を「お空に」に変えた。宇都宮市鶴田町の雨情旧居附近に碑がある。

　この童謡では、夕闇が迫る都会の風景が描かれている。都会生まれの子どもにとっては、都会が郷土である。「四丁目の犬」のところにも書いたが、この童謡も《郷土童謡》のひとつの姿であることにちがいはない。

　子どもはほんの軽い気もちで遊びにでかけたのだろうか。ところが、どう

今来たこの道
　帰りゃんせ　帰りゃんせ
お空の夕《ゆうべ》の
　星が出る　星が出る
今来たこの道
　帰りゃんせ　帰りゃんせ

やら少しばかり遠くへ来すぎたようだ。ふと気がつくと、これまで見たことのない町の風景が拡がっている。もうすっかり日もくれようとしている。空には気の早い星もではじめているではないか。

——このまま行ったらお家が遠くなるばかりだよ。さあ、子どもよ。早くお帰りなさい。

この童謡は、こんなふうに子どもに呼びかけている。

「今来たこの道」の《今》と《来た》の取りあわせは絶妙だ。子どもはこれ以上この道を進むことはないだろうし、かといって、まだ帰りはじめているのでもない。進むのでもなく帰るのでもない微妙な一瞬をとらえている。この詩句の背景には、これまで歩いて来た道筋と、これから帰っていく道筋の情景が二重写しに見えている。

歩いて来るときには何ほどのことも

感じなかった道程だった。ところが、いざ帰るときになると歩いても歩いてもいっこうにお家へちかづかない。これは、子どもにとってはたいへんな恐怖だろう。そういう意味で、第三連の「お家がだんだん／遠くなる　遠くなる」はたいへん含蓄のある詩句だ。

「帰りゃんせ」の繰りかえしは伝承わらべ唄の「通りゃんせ」から発想した詩句ではないだろうか。「行〔い〕きはよいよい　帰りは恐い」というわらべ唄のイメージと、この童謡のイメージがみごとに響きあっている。

すすきの蔭《かげ》

すすきの蔭で
ねんねこんぼ
産んだ

ねんねこんぼ
お月さんは
里にやった

初出は一九二四（大13）年四月号の「女性改造」である。

雨情が『童謡と童心芸術』に書いているところよると、雨情が少年の頃に茨城地方で歌われていた伝承わらべ唄から暗示を得て出来たという。

そのわらべ唄は「お月さんいくつ／十三七つ／まだ年 わかいネ／いばらのかげで／ねんねこんぼうんで／だれに抱かしょ／お万に抱かしょ／お万はどこへ行った／油買いに茶買いに／油屋のかどで／すべって転んで／油一升こぼした」というものだ。同様のわらべ唄は東京地方をはじめ、広く全国に分布している。「ねんねこんぼ」は、茨城の地方語である。

――子供はかわいいものである。里

ねんねこんぼ
可愛《かわ》い
わが児は可愛い

お月さん
ねんねこんぼ
見に往《い》った

ねんねこんぼ
寝てた
泣き泣き寝てた

子なんかにやるものでない。お月さんが子供を里子にやったが子供がかわゆくて見に行ったら子供はなきながらねていました。「なくな、泣くな、今日から、すすきのかげのおうちへつれてかえる、泣くなよ泣くなよ」と抱き上げて、わが子への愛にお月さんも涙を浮べているという気持を言い表わしたのであります。

　先にあげた本のなかで、雨情はこのように解説している。

　直接のモデルとまではいえないが、雨情は最初の妻との間に二人の子どもをもうけている。諸事情からこの子たちを手もとで育てられず、親戚に預けざるを得なかった。そうした事実を踏まえると、雨情の説明に深みが増すように思う。

　ところで、雨情が「アモベツの浜」（『主婦之友』一九二二年一〇月号）というエッセイに書いているところによ

ねんねこんぼ
泣くな
里子にゃ遣《や》らぬ

すすきの蔭へ
今日から
帰ろ

お月さん
ねんねこんぼ
抱いて言《ゆ》った

（註、ねんねこんぼは赤ンぼのこと）

ると、一番深い印象を受けた月は一九〇六（明39）年の秋に、日本領になったばかりの樺太西海岸アモベツの浜で見たものである。《無人の海を照す凄愴「せいそう」たる月の光》にひどく感動した、という。赤ン坊を里子にだすような人間くさいお月さんとは、よほど様子が異なっていたようだ。

證城寺の狸囃

證、證、證城寺
證城寺の庭は
ツ、ツ、月夜だ
皆《みんな》出て来い来い来い
己等《おいら》の友達ァ
　ぽんぽこぽんのぽん
負けるな、負けるな
和尚《おしょう》さんに負けるな

初出は一九二四（大13）年一二月号の「金の星」だが、これは「證城寺の庭は／月夜だ 月夜だ／友達来い／己等［おいら］の友達ァ／どんどこどん。／／負けるな 負けるな／和尚さんに負けるな／友達来い。／／證城寺の萩は／月夜に 月夜に／花盛り／己等の友達ァ／どんどこどん。」というものであった。これに中山晋平が得意の囃子ことばなどを入れていまのように歌詞を変え、翌年一月号の同誌に曲譜附きで掲載した。大陸に旅行中であった雨情は、無断改作を一度は怒ったものの、やがて初出形を否定して改作形を容認するようになった。さらにのちには、タイトルが「證城寺の狸囃子」にあらためられ、本文の終わりから二行

来い、来い、来い、来い来い来い来《こ》
皆出て、来い来い来い
證、證、證城寺
證城寺の萩は
ツ、ツ、月夜に　花盛り
己等の友達ァ
　ぽんぽこぽんのぽん

めの「己等の友達ァ」の部分は「己等は浮かれて」に変えられた。童謡の本文は「金の星」の一月号を底本に誤りを校訂して作成した。千葉県木更津市の證誠寺ほかに碑がある。

音楽家の横山太郎によると、古くは證誠院［しょうじょういん］ともいった證誠寺にまつわる俗謡に「證誠院のぺんぺこぺん、おいらの友だちぁどんどこどん」がある。これをヒントに松本斗吟［とぎん］が一九〇五（明38）年発行の地元の郷土誌「君不去［きさらず］」に昔話ふうの創作を書いた。これが名高いタヌキ囃子の伝説で、これを知った雨情は一九二四（大13）年七月発行の雑誌「きさらつ」（第七号）に、「證誠寺の狸囃」という童謡を寄せ、さらに「金の星」にも発表した、という。

「金の星」で《誠》の字を《城》に変えたのは《僧侶が踊るなどという唄

はけしからん》という住職の抗議に遠慮したからだ、と伝えられている。しかし、古い文献には寺の名前を《證城寺》や《證城院》と書いたものもあり、松本斗吟の創作でも《城》の字が使われていたので、おそらく事実ではない。

なお、一九四六（昭21）年に放送開始のラジオ番組「英語会話」では、「カム、カム、エブリボディ…」というこの童謡の替え唄が、主題歌として使用された。一九五五（昭30）年にはアメリカ人歌手のアーサー・キットが歌う英語版の「SHO-JO-JI」が日本に逆輸入されて大ヒット。一九八四（昭59）年にもリバイバルヒットしている。

ねこ〳〵楊《やなぎ》

ねこじゃ〳〵の
ねこ〳〵楊

砂利が流れる
小砂利《こじゃり》が流《なが》る

川の川下《かわしも》
かぞえてみたりゃ

初出は一九二五（大14）年四月号の「童話」である。小松耕輔の曲がある。

この童謡は、川のほとりにネコヤナギが咲いている、というだけの内容だ。むろん、そういう表面的な意味に価値を求めるべきではない。「ねこじゃ〳〵の／ねこ〳〵楊」の《ねこ》の音の連続をはじめ、「川の川下」や「こゝのこの川」など、言葉の音の響きあいをこそ楽しむべきだ。これは一種の言葉あそび唄で、マザーグースの世界に通じるものだろう。

ところで、《ねこじゃねこじゃ》といえば、江戸時代の端唄［はうた］が連想される。これは「猫じゃ猫じゃとおっしゃいますが／猫が 猫が下駄履いて 絞りの浴衣で来るものか／オッチョコチョイノチョイ オッチョコチョイノチョイ」というもの。本来は妾［めかけ］の浮気を歌ったものだ。

砂の数ほど
小砂利が流る
ねこじゃ〳〵の
ねこ〳〵楊
こゝのこの川
小砂利が流る

浮気の最中に旦那がやってきたが、物音はネコだとごまかせても、男物の下駄や浴衣がみつかってはごまかせない、という意味である。夏目漱石の「吾輩は猫である」にも、ネコが《猫じゃ猫じゃ》を踊るという記述がある。

　あるとき、この端唄に手あそびの振りをつけ、子どもたちに歌わせている事例を知って、驚愕したことがある。指導者はこの唄の本来の意味を知らないものとみえるが、心ないことをするものだ。むろん、雨情の場合は、《ねこじゃねこじゃ》の意味性を取りさって、純粋に言葉の響きの面白さを活かしただけである。

　「ねこ楊」はヤナギ科の落葉低木で、各地の水辺に自生する。春先に咲く花をネコの尻尾に見立てて、この名がついた。ネコとネコヤナギの取りあわせも、この童謡のナンセンスな味わいをひきたてている。

ペタコ（台湾みやげ）

ペタコ　お母《かあ》さん　に
白い帽子　もろた。
ペタコ　白い帽子
かぶってる。
ペタコ　啼くとき
白い帽子　ふった。

初出は一九二七（昭2）年九月号の「コドモノクニ」である。中山晋平の曲があり、平井英子がレコードに吹き込んで、翌年七月に発売。作曲の際に、第六連の冒頭に「ペタコ」を加え、二連ずつをまとめて三節の唄にしている。また、各節の末尾に「はりゃんりゃかりゃんの／りゃんりゃんりゃんりゃん／はりゃんりゃかりゃんの／りゃんりゃんりゃん」の囃子ことばがある。囃子ことばの表記は雨情会編『十五夜お月さん』（二〇〇二　社会思想社）によったが、これは中山晋平が入れたものだといわれ、人気を博した。

発表の年の四月、雨情は中山晋平・佐藤千夜子と植民地であった台湾に招待された。このとき、スズメほどの大きさで頭に白い帽子をかぶったようなペタコを見て、童謡の着想を得ている。ペタコは《白頭吉》と書く。台湾全土に六種類が生息し、吉祥［きっしょ

ペタコ　白い帽子
ふって　啼いた。
ペタコ　遊ぶにも
白い帽子　かぶる。
白い　小帽子で
あそんでる。

（ペタコは頭に白い毛のある台湾の小鳥で、
内地の雀のように人家近くへ来て啼く）

う」の鳥とされているようだ。

ところで、雨情は生まれつき爬「は」虫類が嫌いだった。雨情の「守宮「やもり」受難で気づく教訓」（『雄弁』一九三四年七月号）によると、台中市に逗留した際、いたるところに生息し、家のなかでもはい廻るヤモリにぞっとした。《もし寝ている間に顔の上に落ちたり、蚊帳「かや」のなかに入ったりしたらどうしよう》と四五日の間というもの一睡もできなかった。

その後、沖縄から講演の依頼があったので、その地の知人に問いあわせたところ、《台湾どころではない。到る処にうじょうじょしてる》という返事があった。それで、恐れをなして依頼を断ってしまったので、雨情は日本全国を訪問しても、沖縄だけには足を踏み入れなかったのだ、という。

ペタコの愛らしい姿に心を奪われた雨情も、ヤモリには閉口したようだ。

南京《なんきん》言葉

南京さん　の　言葉　は
南京言葉
　パーパー　パッチクパ
　ピーピー　ピッチクピ
軒端《のきば》で　つばめ　も
南京言葉
　ピーピー　ピッチクピ
　パーパー　パッチクパ

初出は一九二八（昭3）年三月号の「コドモノクニ」である。中山晋平の曲があり、平井英子がレコードに吹き込んで、同年四月に発売された。作曲の際に「なんなんなんなん 南京さん／南京さんの言葉は 南京言葉／パーピヤパーパー パーチクパ／ピーピヤピーピー ピーチクピ／／のんのんのんのん 軒端／軒端でつばめも南京言葉／ピーピヤピーピー ピーチクピ／パーピヤパーパー パーチクパ／／南京さんはパーチクパ／つばめはピーチクピ／パーピヤパーパー パーチクパ／ピーピヤピーピー ピーチクピ／／つんつんつんつん つばめ／つばめの言葉は南京言葉／ピーピヤピーピー ピーチクピ／パーピヤパーパー パー

南京さん　は　パッチクパ
つばめ　は　ピッチクピ
　パーパー　パッチクパ
　　ピーピー　ピッチクピ

つばめ　の　言葉は
南京言葉
　ピーピー　ピッチクピ
　　パーパー　パッチクパ

チクパ」（歌詞は雨情会編『十五夜お月さん』による）と、全面的に書き変えられた。

「南京言葉」は中国語で、「南京さん」は中国人のこと。この童謡はツバメの啼き声が中国語のように聴こえるという、子どもらしい率直な感覚をモチーフにしている。もとより、中国人や中国語に対する偏見に基づくものではない。そもそもツバメは東南アジア一帯で冬をすごす渡り鳥であるから、中国語をしゃべっているように聴こえたとしても、何ら不当なことではあるまい。

関連する童謡に「南京さん」（一九二三年一月一日「福岡日日新聞」）がある。これは「南京さんは／木の履［くつ］はいて／南京お蕎麦を／売りに来た…」というもので、屋台をひく中国人のラーメン屋が題材になっている。

春の唄

桜の花の咲く頃は
うらら　うららと
日はうらら
硝子《がらす》の窓さえ
みなうらら
学校の庭さえ　皆うらら。
河原で雲雀《ひばり》の啼く頃は
うらら　うららと

初出は『新選小学唱歌曲集』尋五之部（一九二八 京文社）で、草川信の曲譜がある。童謡の本文は、曲譜に附けられた歌詞の形式を整えて作成した。

この童謡では、日本のいたるところに拡がる春の田園風景が描かれ、「うらら」の繰りかえしが印象的である。

古茂田信男の『七つの子 野口雨情歌のふるさと』によると、おそらく雨情の故郷・磯原の次のような情景をもとにしてこの唄のイメージをふくらませたのだろう、ということだ。

――磯原は海岸近い街で、その頃ところによっては、畑が海岸の砂浜近くまで迫っていたものです。雨情の通った小学校近くの丘のような小山の麓には、牛を二、三頭とニワトリや七面鳥などを飼っていた小さな牧場がありました。それは乳牛舎と呼ばれていました。牛乳を配達してくれたので、乳屋と呼ばれていたのです。「まきば」と

日はうらら
乳舎《ちちや》の牛さえ
みなうらら
鶏舎《とりや》の鶏さえ　みなうらら。

畑に菜種《なたね》の咲く頃は
うらら　うららと
日はうらら
渚の砂さえ
みなうらら
どなたの顔さえ　みなうらら。

か「牧場」といわずに乳屋といっていたところに、その規模がうかがわれます。また、学校の校庭には大小の桜の樹が植えられていて、春は桜が咲き乱れ、校庭を美しく彩っていました。

　童謡に描かれた風景を磯原だと限定して解釈することもないだろうが、《乳舎》や《鶏舎》のある情景は雨情の郷土童謡にしばしば登場する。雨情の理想の風景だ、といえるだろう。

「菜種」はアブラナのこと。春になって咲く黄色く小さな十字花を菜の花という。むかしは、アブラナのタネから絞ったナタネ油を行燈「あんどん」などで灯火用の燃料に用いたため、換金植物として各地で栽培されていた。雨情はとりわけ菜の花を愛した、という。

　古茂田の前掲書によると、雨情は菜の花が一面に咲いている風景をながめて、「天下泰平という気分でヤンすな」と言ったそうだ。

蛙《かわず》の夜《よ》廻《まわ》り

蛙の夜廻り
　ガッコ　ガッコ　ピョン。
ラッパ吹く　そら吹け
　ヤレ吹け　ピョン。
ヤレ吹け　もっと吹け
　ガッコ　ガッコ　ピョン。

初出は一九二九（昭4）年四月春の増刊号の「コドモノクニ」である。中山晋平の曲があり、平井英子がレコードに吹き込んで、同年五月に発売された。

　作曲の際に「蛙の夜廻りガッコ〱ゲッコピョンピョン／ラッパ吹く〱ガッコゲッコピョン／それ吹けもっと吹けガッコゲッコピョン／ガッコ〱ガーピョンコ〱ピョン／ゲッコ〱ゲーピョンコ〱ピョン／ガッコピョンゲッコピョン／ガッコゲッコピョン／／寝坊の蛙もガッコガッコゲッコピョンピョン／あわてて飛び起きガッコゲッコピョン／ラッパ吹くラッパ吹くガッコゲッコピョン／ガッコ〱ガーピョンコ〱ピョン／ゲッコ〱

寝坊の　蛙は
後《あと》から　ピョン。
あわてて　起き出し
つづいて　ピョン。
ラッパ吹け　ヤレ吹け
ガッコ　ガッコ　ピョン。
朝まで　夜通し
夜廻り　ピョン。

ゲーピョンコ〳〵ピョン／ガッコピョンゲッコピョン／ガッコゲッコピョン／／朝まで夜通しガッコ〳〵ゲッコピョンピョン／寝ないで夜廻りガッコゲッコピョン／それ吹けもっと吹けガッコゲッコピョン／ガッコ〳〵ガーピョンコ〳〵ピョン／ゲッコ〳〵ゲーピョンコ〳〵ピョン／ガッコピョンゲッコピョン／ガッコゲッコピョン」（歌詞は雨情会編『十五夜お月さん』による）と、全面的に書き変えられた。

　初出形・改作形とも、軽快なリズムが楽しい。

　「夜廻り」は、火事や盗賊を警戒して夜に巡回する人のこと。本来は冬の季語だが、この場合はカエルなので季節は夏ということになる。また、ふつう夜廻りは拍子木をうつものだが、「ラッパ」を吹くというところが意表をついている。「寝坊」のイメージも

寝ないで　夜廻り
　ラッパ吹け　ピョン。
ソラ吹け　ヤレ吹け
　ガッコ　ガッコ　ピョン。

ふつうとは逆で、日が落ちて夜になっても起きてこないことである。
　こうしたことが、なんともナンセンスだ。とぼけた味わいもあって、実に愉快な童謡である。振りが附いて手あそびの唄としても歌われている。

飴《あめ》売り

きょうも鎮守《ちんじゅ》の
お祭りに
飴売り爺さん
吹く笛が
村中の子供に
聞えます

初出は一九三〇（昭5）年七月号の「少女倶楽部」である。

むかしの飴売りは一種の大道芸人であった。笛を吹いたり歌ったり踊ったり、面白おかしく口上をのべたりして、子どもたちの注意をひきながら飴を売るからだ。そんな飴売りたちにとって、村の鎮守のお祭りは絶好の稼ぎ場である。ふだんより一段と声を張りあげて商売に励んだはずだ。「一なめなめれば／頬が落ち…」の詩句は、飴売りの口上である。

飴売りといえば、雨情のエッセイ「私を今日あらしめた父母の教訓」（「婦人倶楽部」一九三〇年二月号）に、面白いエピソードが載っている。

子ども時代の雨情は、大金持ちの跡

なんと響いて
聞えます
『一《ひと》なめなめれば
頬《ほほ》が落ち
二《ふた》なめなめれば
歯が落ちる
落ちてもすぐつく
買いに来な

取り息子として、かなりわがままに育てられていた。三〜四歳の頃、毎日やってくる飴屋から飴を買ってもらっていたが、飴屋の真似がしたくて堪〔たま〕らなくなって、飴屋の飴箱を買って呉れと言い出した、という。

――これには飴屋も弱って仕舞い『飴なら商売でいくらでも買って頂きますが、これが無くては明日から商売が出来ません』と言うし、また両親も『あれは飴屋の商売道具だから、家で別なのを拵〔こしら〕えてやるから』といろいろ宥〔なだ〕めるやら賺〔すか〕すやらしたものですが、一度言い出したが最後、なんとしても引かぬ私は頑として聞き入れぬので、仕方なく出入〔でいり〕の大工に早速新しいのを作らせ、それを飴屋に与えることにしてとうとうその飴屋のを譲って貰ったものです。

飴屋の真似がしたいのなら、本物

甘いぞ甘いぞ
この飴』と
村中の子供に
聞えます

そっくりの飴箱があれば良いはずだが、それはあくまでもおとなの理屈である。子どもの執着心は理屈ではない。本物の飴箱でなければいやだというのは、いかにも子どもらしい発想であり、駄々の捏［こ］ね方だといえよう。

キューピー・ピーちゃん

ドンと波　ドンと来て
ドンと帰る
チャップ波　チャップ来て
チャップ帰る
ドン　チャップ、ドン　チャップ
キューピーちゃん

初出は一九三〇（昭5）年一〇月号の「コドモノクニ」である。中山晋平の曲がある。

　海のむこうから人形が日本にやってくるモチーフは、「青い眼の人形」にもみられる。しかし、この童謡では、キューピーちゃんは日本にやってきたあと、すぐにまたお船に乗ってお国に帰ってしまう。これではまるで気楽な観光旅行だ。「青い眼の人形」に比べると、感動の薄いことは否定できない。この童謡の魅力は、「ドン」と「チャップ」というリズムの繰りかえしの面白さにある。

　なお、「キューピーさん」（葛原しげる・作詞／弘田龍太郎・作曲）とよく混同されるが、これは一九二四（大

ピーちゃん　お国は
海の向う
来るとき　お船に
乗って来た
ドンと波　ドンと来て
ドンと帰る
チャップ波　チャップ来て
チャップ帰る

13）年に創られた別の童謡である。
　キューピーは、ローマ神話の恋の神クピド（英語ではキューピッド）に由来するキャラクターだ。一九〇九（明42）年に、アメリカ人のローズ・オニールが考案し、初めは婦人雑誌にイラストとして掲載された。

　これがキューピー人形になったのは、一九一三（大2）年のことである。ドイツに注文したビスク製（焼きものの一種）の人形は、たちまち全米に大ブームをまきおこし、同じ年のうちに日本へも発注された。

　やがて、日本では一九一六～一七（大5～6）年ごろから著作権者の許可を得ないでつくった焼きもの製の国産品がでまわるようになっている。この頃、セルロイド製のキューピー人形の製造もはじまった。もともと、日本はセルロイドの原料になる樟脳の主要な生産国であった。セルロイド工業が

ドン　チャップ　ドン　チャップ
キュー　ピーちゃん
ピーちゃん　お国は
海の向う
帰りも　お船に
乗ってゆく

発達していたので、セルロイド製品はお手のものである。

　一九二七（昭２）年には、キューピー人形を含むセルロイド玩具で、日本が世界一の生産国になっている。

　つまり、キューピーちゃんはアメリカ生まれのキャラクターであったものの、キューピー人形の多くは日本生まれのはずだ。童謡とはまるで逆で、日本からアメリカへ渡っていった人形であった。

博多人形

もし〳〵博多の　子供さん
昔博多の　お人形様は
可《か》愛《わ》いからこの　かんかゆってた
かんかゆってた。

もし〳〵博多の　子供さん
今の博多の　お人形様は
赤い西洋の　まんと着てる
まんと着てる。

初出は『童謡唱歌名曲全集』第二巻（一九三一　京文社）である。藤井清水の曲がある。

「博多人形」は博多附近で生産される人形。四百年以上の伝統があるといわれ、今日では、粘土でつくった原型を素焼きにして彩色を加えた人形のことをいう。本来は《博多素焼人形》と称したが、一八九〇（明23）年の全国勧業博覧会に出品されてから《博多人形》の名が定着し、一九〇〇（明33）年には、パリ万国博覧会に出品して世界に名が知られるようになった、ということだ。

「からこ」は《唐子》と書く。江戸時代の幼児の髪型で、頭の左右や頂上にわずかに髪を残し他を剃る。「かんか」は《かんかん》のことで、髪の幼児語である。「まんと」はフランス語のmanteau からきた語。日本ではケープ状の袖なし外套のことをいう。

伝統的な博多人形は、美人もの・武者もの・歌舞伎もの・能もの・童「わらべ」ものなどに分類される。童ものには唐子をかたどった人形が多いが、むかしから時代にあわせてさまざまなものが工夫されてきた。今日でも洋服を着た子どもの博多人形をみかける。

この童謡は新旧ふたつの博多人形を対比させてイメージをつくっているが、雨情は『童謡と童心芸術』で、次のように説明している。

――誰も気づかないかも知れないが、昔々博多のお人形さまはかわいい唐子の髪結っていたのに、今日のお人形さまは、赤い西洋のマント着てる。ほんとうに変ったものだ。博多人形の変遷をうたって、世の中の変ってゆくものだという驚きのうたです。然し別に理窟だって時代相をながめた諷刺的の意味ではなく、博多人形のかわいらしい気分をうたったのであります。

人買船《ひとかいぶね》

人買船に
買われて
行った
貧棒《びんぼ》な
村の
山ほとゝぎす

初出は一九二〇（大9）年四月号の「金の船」である。民謡集『別後』（一九二一 交蘭社）に収録。本来は童謡として発表したものだが、雨情はこれを創作民謡としても扱っている。童謡の本文は初出誌によった。

「人買船」は、人身売買の対象となる人間を運ぶ船のこと。謡曲や歌謡集にも登場する。森鷗外の小説「山椒大夫」にも、人買い船に乗せられて売られていく母子が描かれている。

雨情は「民謡の価値とその発達」（『現代詩の作り方研究』一九二八 近代文藝社）で「人買船か／恨めしや／とても売らるる／身じゃほどに／静かに漕ぎやれ／紋太どの。」という吉原に伝わる小唄を紹介。これは《自分はもう諦「あきら」めた、運命の指すままに従順に伏「ふく」しよう》という意味であり、読む人をして涙を催させるものがある、と紹介している。

日和《ひより》は続け
港は
凪《な》ぎろ
皆さんさよなと
泣き〱
言《ゆ》った

童謡「人買船」からは、はるかむかし、自分の身の上を嘆きながら身を売られていった人たちの不幸な歴史が感じられる。売られていく娘たちは、故郷にむけた最後の言葉の「さよなら」の「ら」もいえないほど、底知れない哀しみに打ちひしがれたのだろう。

大正の時代の人買いたちは汽車に乗ってくる。貧しい家の娘たちは、親のため家族の生活のため、泣く泣く汽車に揺られて遠い都会の色町に身売りをしていった。前借金に縛られて工場で働かされる女工たちや、商家などで働かされる奉公人たちもいた。

この童謡は、そんな厳しく哀しい現実を、遠いむかしの人買船にことよせて歌い込んだものだ。売られていった娘たちを「山ほとゝぎす」と象徴的に表現することによって、生なましい現実感を巧みに避け、芸術の域にまで昇華させることに成功している。

雁来紅《がんらいこう》

雁《がん》が来た
雁が来た
雁来紅
上総《かずさ》の渚を
雁が
渡る

初出は『日本詩集一九二三版』（一九二三 新潮社）である。本来はおとなのための詩として発表したものだが、雨情はこれを童謡としても扱っている。

「雁」はカモ科の水鳥のうち、大型のものを総称していう。秋に北方より渡来する渡り鳥で、秋の季語。《かり》とも読む。「雁来紅」は葉鶏頭「はげいとう」のこと。ヒユ科の一年草で、葉を観賞する。高さ一〜二メートル。夏から秋にかけて、葉が彩り鮮やかに色づく。雁のくる頃に紅「あか」くなることから雁来紅の名がついた。秋の季語。「上総」はむかしの国名で、いまの千葉県中部のあたりのことである。

——この童謡の意味は、雁来紅の葉が赤くなってくるころになると雁が空をとんで渡って来ます。「雁来紅よ、雁が来たぞ雁が来たぞ」という心もち

雁が来た
雁が来た
雁来紅

をうたったのであります。

雨情は『童謡と童心芸術』で、このように説明している。

なお、同書によると、場所を上総としたのは伊豆の国でも相模の国でも相応［ふさわ］しくないからだという。「上総の渚」とは九十九里浜だろうから、雁の群れ飛ぶ姿は長くのびた広大な砂浜の風景に似あうということか。雁来紅から雁の群れを連想する展開はやや平凡ながら、地名を織り込んでイメージを鮮明にしたところが良い。

東京地方の伝承わらべ唄に「雁［かり］雁 渡れ／大きな雁は 先に／小さな雁は 後［あと］に／仲よく 渡れ」というものがある。群れ飛ぶ雁の習性をうまく表した唄で、全国各地にも同様の唄が伝えられている。この童謡は、こうした伝承わらべ唄を踏まえたものとも思われる。

紅屋《べにや》の娘

紅屋で娘の言うことにゃ
（サノ） 言うことにゃ
春のお月さま薄ぐもり
（ト、サイ〳〵） 薄ぐもり
お顔に薄紅《うすべに》つけたとさ
（サノ） つけたとさ

これはふたつの童謡を併せてひとつにした童謡だ。一番は一九二五（大14）年三月号の「令女界」に「春の月」と題して掲載。「紅屋で娘の／云うことにゃ／／タン タタ タン／タンタタ タン／／春のお月さま／薄ぐもり／／お顔に薄紅／つけたとサ／／タンタタ タン／タン タタ タン／／わたしも薄紅／つけよかナ」というもの。二番は同年一〇月号の同誌に「(春の月のつゞき)」と註記したうえ「薄化粧」と題して掲載。「粉屋で妹「いもと」の／言うことにゃ（サノ）／言うことにゃ／／わたしの姉「ねえ」さん／うす化粧（ト サイサイ）／うす化粧／／お顔がほんのり／桜色（サノ）／桜色／／わたしも薄化粧／しましょ

わたしも薄紅つけよかな
（ト、サイ〱）つけよかな
今宵もお月さま空の上
（サノ）空の上
一刷《ひとはけ》さらりと染めたとさ
（ト、サイ〱）染めたとさ
私も一はけ染めるから
（サノ）染めるから

うかな（ト サイサイ）／しましょうかな」というものであった。これらを併せて民謡集『おさんだいしよさま』（一九二六 紅玉堂書店）に「春の月」の題で収録。このとき囃子ことばをすべて「サノ」「ト、サイ〱」に統一するなど手を加えた。さらに、民謡集『波浮の港』（一九二九 ビクター出版社）への収録時に、二番をいまのように変えた。童謡の本文は『波浮の港』の形態によっている。

　作曲者は中山晋平である。一九二五（大14）年六月には「春の月」として藤蔭会（藤間静枝主宰）で振りつけ公演。翌年には「紅屋の娘」の題に変え、一九二九（昭4）年六月にはレコードを発売。A面は「東京行進曲」（西條八十・作詞／中山晋平・作曲）で、両面とも佐藤千夜子が吹き込み、空前の大ヒットになった。あまりのヒットぶりに文部省では全国の学校に

袂《たもと》の薄紅下さいな（ト、サイ〱）下さいな

役人を派遣し、子どもたちが学校で唱歌以外の唄を歌わないよう監視を強めた。街頭で少年店員が「紅屋の娘」を歌わないように、巡査に取り締まって欲しいと要望した校長さえあった。

　こうしたさわぎについて、雨情は一九三二（昭7）年四月号の「令女界」で、次のように反論している。

　――単にいけないとだけでは、歌曲を侮辱するだけで、一般歌曲の進歩を阻害することになる。吾々は首肯するわけには出来ない。

　「紅屋」はベニバナから採った天然の紅〔べに〕を売る店のこと。本来、白粉〔おしろい〕を売る店は粉屋だが、紅屋でも白粉を含む化粧品一般を扱ったようだ。

　ほかに、東京・神楽坂にあった菓子屋の《紅谷》がモデルだという説もある。店の二階が喫茶店で、学生や女学生たちがたむろしていた、という。

【評伝・野口雨情】

土に生まれ、土に還る

上田信道

吾家《わがや》は其初《そのはじ》め楠正季《くすのきまさすえ》に出《い》づ

茨城県北茨城市の磯原は、太平洋に面した風光明媚な地です。海と山の自然に恵まれたうえ、夏は海水浴、冬はアンコウ鍋などで知られ、温泉などもあって、多くの観光客でにぎわっています。

末の松並
東は海よ
吹いてくれるな
汐風よ
風に吹かれりゃ

松の葉さえも　（オヤ）
こぼれ松葉に
なって落ちる

これは「磯原節」の出だしです。歌詞は野口雨情の『民謡詩集 波浮の港』（一九二九 ビクター出版社）によりました。

あまりにも有名な唄なので、むかしから歌い継がれてきた民謡だと思っている人があるほどですが、れっきとした新民謡です。新民謡とはおもに大正時代以降に創られた創作民謡のことで、この唄は野口雨情が作詞し、藤井清水《きよみ》が作曲しました。初め「磯原小唄」というタイトルであったものを、のちに「磯原節」にあらためました。磯原の自然を愛した雨情の熱い想いが伝わってきます。

むかし、このあたりを多賀郡北中郷村といった頃のこと。広大な山林や田畑を所有し、手広く廻船問屋を営んでいる旧家に待望の赤ん坊が生まれました。一八八二（明15）年五月二九日のことです。父を野口量平、母をてるといい、赤ん坊は英吉《えいきち》と名づけられました。

少年時代の英吉は野口家の跡取り息子として溺愛され、かなりわがままに育ちます。気が弱く、あだ名は《おしゃれ》または《侍《さむらい》の子》でした。ただ、学校へいく途中で弁当を食べてしまっては山で遊ぶような腕白なところもあり、学校ぎらいだった、と伝えられています。仲間うちでは学校をさぼることを《山学校》と呼んでいました。それでも、成績はかなり良かったようです。この少年が、のちに《雨情》という号を名のって、日本を代表する大詩人のひとりになりました。

野口家は広大で豪壮なお屋敷を構えていました。地元の人たちから《磯原御殿》と呼ばれていたほどです。先祖は水戸の徳川家とも縁が深く、郷士《ごうし》（農村などに居住する武士）として、藩から禄を与えられていました。藩主・徳川光圀《みつくに》がこの屋敷に滞在したおりには、海に面した眺望の良さを褒めて《観海亭》という名を与えた、といいます。名君の誉《ほま》れたかい徳川治保《はるもり》や斉昭《なりあき》など、歴代の藩主たちも、親しく野口家を訪ねたようです。

水戸徳川家は徳川御三家のひとつでありながら、光圀以来の伝統で勤王思想の盛んな家柄です。野口家も代々にわたって学問好きで、勤王家を輩出してきました。

磯原の野口家には、雨情が長男・雅夫に与えた野口家の略伝が大切に保存されています。

――吾家ハ其初メ楠七郎　橘《たちばな》正季ニ出ツ吉野没落後三河加茂郡野口村ニ移ル野口姓ヲ称ス所以ナリ元亀元年楠氏ノ族孫常陸ニアルト聞キ関東ニ下リテ多珂郡磯原村ニ住ス慶安三年正月楠氏ノ出ナルヲ以テ水戸威公ニ召サレ食禄邸宅ヲ賜《たま》ハリ水戸藩ノ郷士トナリ累世磯原村ニ住ム（中略）則チ長子雅夫ニ告グ家名ヲ重ンジ勿忘《わするなかれ》矣

大正六年十月一日

こんな内容の文章です。少し難しいので、おおよその意味を書いておきましょう。

わが野口家の初めは楠正季《まさしげ》（正成の弟・楠氏は橘氏の系統）である。南朝が没落してからは三河国（いまの愛知県東部）の野口村に住んだので、野口姓を名のるようになった。一五七〇年のこと、関東に楠氏の子孫が住んでいると聞いて、古くは多珂郡と書いた多賀郡磯原村に移住した。一六五〇年には水戸藩の初代藩主・徳川頼房《よりふさ》から家禄と屋敷をいただき、代々にわたって磯原の地に住んだのだ。長男・雅夫よ。名誉ある野口家の家名を重んじ、決して忘れるな……と、ざっとこのような内容です。

　つまり、野口家は先祖からして勤王だったというわけです。

　事実、野口家からは尊皇攘夷の志士・野口正安がでています。長州の吉田松陰も、野口家に宿泊しました。雨情の祖父・勝章は尊皇攘夷のために奔走しますが、水戸藩内の佐幕派に惨殺《ざんさつ》されてしまいます。

　明治新政府から佐幕派が賊徒とされると、今度は雨情の伯父・勝一が佐幕派を討《う》って仇討《あだう》ちをはたしました。そして野口家の家督を弟・量平に譲ると、政治家を志しました。県会議長などを歴任したあと、衆議院議員にもなっています。漢詩や書画などに才能のあった人でした。雨情の文才はいかにも代々学問に励んだ野口家らしいといえますが、直接にはこの伯父あたりから受け継いだものかもしれません。

　それでは、どうして雨情はこのような野口家の略伝をわが子に残したのでしょうか？

　その理由は野口家が没落したからです。

没落の原因は、父・量平の代にあったようです。量平は北中郷村の村長なども務めましたが、廻船

問屋という家業は、鉄道の開通などもあって、文明開化の新時代に適応できなかったのでしょう。持ち船の沈没という不幸な事故も重なりました。そのほか、伯父・勝一の政治活動に財産を費やしたことも原因かもしれません。雨情が家を継いだときには、すでに借金でどうにもならなくなっていたのでした。

そのようなわけで、自分の長男に《野口家の誇りを忘れず、磯原の家を再興してくれよ》という願いを込めて手渡したのだと思います。

名門・野口家を自分の代になって没落させてしまった――そうした想いが雨情の文学に少なからぬ影響を与えたのでした。

ローカルカラーを主とした歌か短篇かに御力を入れられたし

磯原尋常小学校時代（四年制）には学校ぎらいであった英吉少年も、組合立豊田高等小学校（四年制）に進んだ頃には文学、ことに新体詩（明治におこった近代詩）に興味をもつようになりました。

一八九七（明30）年四月からは、伯父・勝一が住んでいた東京・小石川の家に寄宿して、神田の東京数学院尋常中学（現・東京高等学校）に通いました。三年生のときには、同じ神田の順天求合社中学校（現・順天高等学校）に編入学しています。この年の一二月に中退したあとの学歴はわかりません。

一九〇一（明34）年四月には、東京専門学校高等予科に入学しました。いまの早稲田大学に当たります。同級生には、のちに小説家・童話作家になった小川未明などがいました。翌年の五月には中退していますが、文学に志を立てて、「小天地」「少国民」「婦人と子ども」「文庫」「労働世界」ほかに子どもやおとなむけの散文や韻文を寄稿したのは、この頃のことです。

久木東海男と雨情（右）（明治40年）

ところで、雨情の祖父は北川《ほくせん》、伯父は北巖《ほくがん》と、号に《北》の字がついています。しかし、雨情には《北》の字がありません。それでは、どうして《雨情》の号を名のったのでしょうか。

雨情が一九三二（昭7）年一二月号の雑誌「キング」に書いているところによると、東京専門学校に学んだ頃に中国の古い文献をあさりました。そして《雲恨雨情》という詩語から《雨情》の号をとりましたが、これは《春雨の降る意》なのだそうです。祖父や伯父とちがって、ずいぶん雅《みやび》な情味ある号をつけたものだ、と思います。

それはさておき、東京遊学時代の雨情について、茨城の郷土作家を研究した平輪《ひらわ》光三《こうぞう》の書いた『野口雨情』（一九五七 雄山閣出版）に、ちょっと面白いエピソードが載っているので紹介しておきましょう。

あるとき、学友の父から紹介状をもらって、陸軍大将の乃木希典を訪問しました。その当時、乃木は学習院の院長をしていましたから、院長室に入り、黙って紹介状を差しだします。

――どんな用か？

――別に用事はありませんが、閣下に一目お会いしたかったからで、それではこれで失礼します。

――まあ、少し話して行け。

こんな調子で、ふたりの関係がはじまりました。問われるままに、磯原のことや観海亭のことなどを話します。すると、大将は勤王の志士・野口正安のことを知っていて、おおいに面目をほどこしました。

――また遊びに来い。

帰りがけにこういわれましたから、その後も雨情は時どき乃木大将を訪ねるようになります。学習院の芝刈りをしていた大将とともに、芝生の上に寝ころびながら語りあったこともある、ということです。

乃木大将といえば、西條八十が子ども時代に家業の石鹸を献上するため乃木邸に届けたところ、頭をなでてもらったという話もあります。

ところが、一九〇四（明37）年の一月のことです。

故郷の父・量平が村長在職中に亡くなりましたので、雨情は帰郷して野口家を継がなくてはならなくなりました。この年の一一月には、栃木県の喜連川《きつれがわ》の素封家である高塩家から妻・ひろを迎えています。

翌年の三月には民謡集『枯草』（高木知新堂）を出版しました。創作民謡集として、文学史的には画期的なものでした。けれども、地方で自費出版された粗末な詩集にすぎませんから、ほとんど見むきもされません。

期待した民謡集も売れず、借金の催促に嫌気《いやけ》がさしたのでしょうか。一九〇六（明39）年の夏ごろには、日露戦争の結果、新しく日本の領土になった南樺太に渡航しています。

前記の『野口雨情』によると、ひろ夫人の実家から千円という大金を借りたうえ、なじみの芸者をつれて樺太で一旗あげようとしました。米一〇キロで一円弱という時代のことですが、同行した芸者にこの大金を持ち逃げされてしまいます。仕方がないので、残った資金をかき集めて貨車一杯のリンゴを買いました。これを東京に送って大もうけしようというのです。ところが、雨情が別便で東京の取引先に駆けつけてみると、先に届いていたリンゴのほとんどが腐ってしまっていた、ということです。

そんなわけで、もう故郷には帰るに帰れません。そのまま東京にとどまりました。東京専門学校の

恩師に当たる坪内逍遙の世話で、「東京パック」という雑誌の編輯に従事します。

それでも、文学への志を諦《あきら》めず、翌一九〇七（明40）年の一月から『朝花夜花』という月刊の民謡パンフレットをだします。けれども、これもほとんど売れませんでした。三月には相馬御風・人見東明・三木露風などと《早稲田詩社》を結成しますが、雨情の名前はまだ限られた人たちの間で知られていたにすぎません。

そんなおり、逍遙から《札幌に新聞記者の口がある》という耳よりの話を聴いたのです。


――御機嫌よろしく大賀々々実は如何《いか》になされ候事《そうろうこと》かと未明君などと御《お》噂《うわさ》致居候《いたしおりそうら》ひき（中略）どうか思ひ切つてローカルカラーを主とした歌か短篇かに御《お》力《ちから》を入れられたし、七五や五七に囚《とら》はれぬやう思ひ切つて俚歌《りか》を御《お》試《こころ》み如何《いかが》…


雨情が逍遙からもらった手紙の一節です。おそらく、この頃の手紙だと思われます。

それにしても、雨情にとっては得がたいアドバイスでした。

《ローカルカラーを主とした歌か短篇かに御力を入れなさい》《地方で歌われる民謡の創作を試みてはいかがなものか》という励ましのことばは、その後のゆくえを決定づけました。

雨情、札幌に死す⁉

北海道では逍遥の口利きで入った「北鳴新聞」をはじめ、「小樽日報」の創刊に加わるなど、各地の新聞社を転々とします。

「小樽日報」へは、石川啄木《たくぼく》といっしょに入社しました。ここでは不正に怒って主筆を排斥《はいせき》しようと、啄木と相談などをしています。

また、この新聞社には「北鳴新聞」時代から同僚だった鈴木志郎も、いっしょに移りました。鈴木は自由民権運動や初期の社会主義運動ともかかわりのあった人です。いまの留寿都《るすつ》村にあった《平民農場》に集団入植した経験をもっていて、奥さんをかよといいます。かよにはきみという連れ子がありました。幼い女の子が入植地の厳しい冬を越すことは無理でしたから、仕方なく子ども好きの外国人宣教師夫妻の養女にだします。鈴木一家と一軒の家をわけあって住んだ雨情はそんな事情を知り、のちにきみをモデルに童謡「赤い靴」を創った、といわれています。

これより少しあとのことですが、一九〇八（明41）年九月一九日付の「読売新聞」にあっと驚く記事が載りました。雨情が札幌で死んだというのです。

この記事を読んだ啄木は、「悲しき思出」という追悼文を書きました。

もし、雨情の死亡を伝える記事がほんとうだったとしたら、日本の童謡の歴史はよほど大きく変わっていたことでしょう。

しかし、「読売新聞」の記事は、同じ新聞社に勤めていて亡くなった野口姓の別人を雨情と取りち

がえた、というばかばかしい誤報でした。

それはともかく、雨情は学生時代から児玉花外《かがい》という初期の社会主義詩人と親友でしたし、雑誌「社会主義」に詩を発表したりしています。北海道時代にも、石川啄木や鈴木志郎といったひとたちと親しく交際しました。

その一方で、《吾家は其初め楠正季に出づ》として皇室を深く敬愛し、澄宮《すみのみや》（のち三笠宮）殿下に召されて童謡の御前講演をしているのですから、面白いことです。

ふつうに考えると相反するような思想ですが、本人にとっては少しも矛盾していなかったのでしょう。雨情という詩人は、凡人にはちょっと計り知れないほど複雑で懐《ふところ》の深い人なのだろう、と思います。

雨情が北海道の放浪時代に終止符をうつことができたのは、当時の人気浪曲師であった桃中軒雲《とうちゅうけんくも》右衛門《えもん》のおかげだ、という説があります。

雨情が郷里で「いはらき」という地方新聞の文芸欄「木星」に関係していたとき、世話役をしていた東清次郎（号・白蘋《はくひん》）という記者が、雨情の才能を愛していました。そこで、巡業で北海道にいく雲右衛門に、雨情を助けてくれるよう依頼します。雲右衛門は旭川の「北海旭新聞」に勤めていた雨情へ熱心に上京を奨めました。そのうえ、旅費の心配までしてくれましたから、やっとのことで雨情は上京することができたのだ、ということです。

一九〇九（明42）年に上京した雨情は、翌年に有楽社という出版社へ入って「グラヒック」という雑誌の編集記者になります。しかし、一九一一（明44）年九月に母・てるが亡くなりました。これを機に、雨情は恥をしのんで磯原へ帰り、家業に専念することになりました。なお、雨情の帰郷は一九一二（明45）年三月に「グラヒック」が休刊してからだ、という説もあるようです。

二度めの帰郷の際には、かなりまじめに家業に精をだしました。

野口家には広大な山林がありました。借財の返済や自分自身の放蕩で木を切ったため、山はすっかり荒れはてています。そこで、熱心に植林をやりました。

――野口の旦那も変りものでしたよ、弁当箱で水を運んで木を植えたんだからネ、然《しか》しその杉がいまこんなに大きくなりましたよ、やっぱり水をかけたのがよかったんですネ…

のちに、地元の人はこんなふうにいったのだそうです。

はるかに遠い谷川から弁当箱で水を運んだとしても、たかがしれています。そんなことで杉の苗が育つはずもありません。それだけ植林に気を入れていた、ということです。

こうして家業の植林に精をだし、漁業組合や消防団の役員にも推されました。そのかわり、文壇からはすっかり遠ざかってしまいました。

また、植林というものは、いくら熱心にやってもすぐ収入に結びつくような事業ではありません。野口家は、いよいよ借金でどうにも立ちゆかなくなっていきます。

一九一五（大4）年五月には、妻・ひろと協議離婚します。借金の抵当に入っていた磯原の屋敷は炭鉱会社の社長に貸して、福島県富岡町などに滞在。一九一七（大6）年には、ふたりの子どもをつれて福島県湯本町の湯本温泉にある芸者置屋の柏屋に寄留しました。

苦難の時代は続きますが、悪いことばかりが重なったわけではありません。

柏屋で働く芸者を探すため雨情は水戸にでかけました。このとき、まだ一六歳の少女だった中里つると知りあって、すっかり惚《ほ》れ込み、結婚を申し込みます。

つるがまだ若すぎたので、子どもたちは雨情の妹夫婦に預けることにしました。一九一八（大7）年一〇月に湯本温泉から水戸へ移ったときには、二冊の辞書とわずかな現金だけが財産だった、といいます。雨情はつるの母親が経営する下宿屋の一室に住み、しばらくは下宿屋の手伝いをしました。

やんすの先生、名誉社員となる

雨情に運命が大きく開けるのは、一九一九（大8）年のことです。

この年の三月に、水戸在住の長久保紅堂が「茨城少年」という雑誌を創刊しました。これは茨城県下の小中学生を対象にした雑誌です。紅堂は磯原の隣村の出身で、雨情とは遠い親戚でもありました。

雨情はこの雑誌に招かれて主幹になり、童謡欄を担当するなど童謡の普及活動をおこないます。

六月には、民謡集『都会と田園』（銀座書房）を出版しました。

中央のメジャーな児童雑誌にも、友人たちの紹介で雨情の童謡が載るようになりました。

まず、八月号の「おとぎの世界」に、小川未明の紹介で「田甫の上」が載ります。この雑誌は未明の監修を売りものにしていた雑誌でした。

次に、九月号の「こども雑誌」に、「鳥猫」が載ります。

この雑誌と関係の深かった三木露風の紹介状をもって、雑誌の編集をしていた大木雄二を訪ね、《できることなら童謡を毎号載せて欲しい》と、依頼したのです。短命な雑誌だったことが残念ですが、それでも雨情の願いはかなえられました。

しかし、なんといっても大きかったのは、「金の船」の創刊です。

この雑誌を経営したのは、斎藤佐次郎という資産家の青年です。のちに作家になった横山美智子とその夫・壽篤《ひさあつ》に誘われて、当時、評判の良かった「赤い鳥」のような児童雑誌をだしてみたい、という気になったのでした。ところが、まもなく横山壽篤との間に経営上の争いが生じ、一九二二（大11）年六月号からは、「金の星」と改題して発行を続けることになります。横山のほうも、「金の船」というタイトルで雑誌の発行を続けますが、すぐに廃刊になったようです。

「金の船」創刊号表紙
（大正8年11月号）

ところで、斎藤は早稲田大学の出身でしたから、新雑誌の創刊にあたって、つてをたどり、早大の一年先輩に当たる西條八十を訪ねました。そして、「赤い鳥」から自分の雑誌に移ってきてほしいと依頼します。

しかし、八十は自分を引き立ててくれた「赤い鳥」主宰者の鈴木三重吉に恩義を感じていましたので、それをことわりました。そのかわり、かねてから敬愛する野口雨情を推薦します。また、「金の船」の一一月創刊号に《なるべく目立たないようにしてほしい》という条件つきで、童謡「船頭《せんど》の子」を寄稿して義理をはたしました。

ここで、少し時間をさかのぼりましょう。

雨情が「西條氏の思ひ出」（「蠟人形」一九三一年四月号）に書いているところによると、八十がまだ早稲田中学の生徒だった頃のことです。

雨情は吉江《よしえ》喬松《たかまつ》と知りあいます。この人は孤雁《こがん》という号をもつ文学者で、早稲田中学で英語の教師をしていました。

――中学四年生だが、天才詩人がいますよ。牛込の金持ちの息子さんで、西條と言います。

おおよそ、こんなことを話したのだそうです。孤雁はのちに早大の教授になり、八十にとってはずっと学問と文学の師であった人です。

一方、八十は雨情の『朝花夜花』にたいへん感動しました。それを知った孤雁は、わざわざ用事をこしらえ、八十を自分の使いとして雨情のもとを訪ねさせてやります。すると、ひとりの美男子がラ

「金の船」勤務のため上京する際の記念写真。中央が雨情、右端が妻つる（大正９年）

ンプのホヤ（ガラス筒）掃除をしていました。それが雨情だったそうです。

時間をもとにもどします。

斎藤は『斎藤佐次郎・児童文学史』（宮崎芳彦・編　一九九六　金の星社）という本のなかで、雨情が初めて斎藤宅を訪れたときの様子について、おおよそ次のように回想しています。

ある暑い日のこと、和服に袴姿の中年の田舎紳士が西條八十の紹介状をもって斎藤の家を訪ねてきました。座敷に通すと、その人は手ぬぐいで汗をふきふき、ふところから原稿を取りだして、茨城弁訛りで《これをみてもらいたい》といいます。その原稿が童謡「鈴虫の鈴」でした。原稿を一読した斎藤は「金の船」の創刊号にふさわしいと思い、さっそく《掲載させて欲しい》と返事をしました。

こうして、雨情の童謡が毎号の誌面をかざるようになります。

さらに、一九二〇（大9）年の春ごろのことです。上野公園にちかい料亭で、八十が斎藤にむかって、おおよそこんなふうに切りだしました。

――雨情さんは、水戸にいたのでは生活もらくではないようだし、雨情さん自身も東京に出たいと希望していることだから、力になってくれませんか？

斎藤としても、異存はありません。八十が自分を見込んでそんな依頼をしたと思うと悪い気がしませんでした。雨情の人柄もわかっていましたし、なによりも「金の船」で売り出し中の童謡詩人でしたから…

八十は数ヶ月前に水戸で開かれた講演に招かれていましたので、そのとき雨情から依頼を受けたのだろうと思われます。

ところが、このときの雨情には、せっかく誘われても上京するための費用がありません。やむなく、あらためて斎藤に頭を下げて、どうしても必要だった三五円をだしてもらい、やっとのことで上京することができました。

月給八〇円――これが斎藤のだした条件でした。

大卒の初任給が二五円、米一〇キロが二円と少しで買えた時代のことです。

当時は雑誌の編集者がその雑誌の主要な寄稿家を兼ねている時代でした。雨情は「金の船」の《看板社員》ですから、それだけ優遇されたということでしょう。妻・つるは《これでやっと安定した生活ができる》と大喜びした、と伝えられています。

「金の船」の関係者たち。左から斎藤佐次郎、雨情、横山壽篤、沖野岩三郎、一人おいて岡本帰一

ところが、雨情が「金の船」や「金の星」に自作の童謡を載せ、投稿童謡の選を重ねるにしたがって、有名詩人になっていきます。有名になると面会客が増えて、編集部に出勤しても仕事が手につきません。

斎藤が偉いのは、そんな状況をみて、雨情を自由出勤の社員にしたことです。いつしか、雨情は《名誉社員》という名で呼ばれるようになりました。

ちなみに、雨情は上京してからも、茨城訛りが抜けませんでした。《〜やんす》が口グセでしたので、雨情は親しみと尊敬の意を込めて《やんすの先生》と呼ばれていました。《〜やんす》は《〜です》の意味で、かなり丁寧な言い方のようです。これが口グセだというのですから、雨情の人柄がしのばれます。

「夕焼小焼」（草川信・作曲）で有名になった中村雨《う》

紅《こう》のように、《押しかけ弟子》になる人が現れるほど、若い詩人たちからも慕われました。

歌うことを通して親しまれた

雨情は生涯に四冊の童謡集を出版しています。

第一童謡集は『十五夜お月さん』で、一九二一（大10）年六月に東京の尚文堂から出版されました。ひとりの詩人が書いた童謡集としては、北原白秋の『とんぼの眼玉』（一九一九 アルス）や『兎の電報』（一九二一 アルス）、西條八十の『鸚鵡と時計』（一九二一 赤い鳥社）に続く大きな仕事であった、といえるでしょう。多くは「こども雑誌」や「金の船」に発表した童謡で、表題作をはじめ「蜀黍畑」「四丁目の犬」「七つの子」など、雨情の代表作が収録されています。

第二童謡集は『青い眼の人形』で、一九二四（大13）年六月に金の星社からでました。「金の船」や「金の星」に発表した童謡が中心ですが、ここでは「コドモノクニ」や「童話」などに発表した童謡も収録されています。《名所めぐり》と銘うった新しい試みの童謡もありました。

これら二冊の童謡集には、音楽家の本居長世とのコンビの童謡がめだちます。

本居には三人の娘がありました。彼女たちはそろって少女歌手としてデビューし、《本居三姉妹》ともてはやされます。

長女のみどりのデビューは、一九二〇（大９）年一一月二七日に東京・有楽座で開かれた《新日本音楽大演奏会》でのことでした。

——ホロリとさせた みどり嬢の独唱 将来はきっと楽壇の大ものに成る人

当時の新聞には、こんな意味の活字が踊ります。

このとき、みどりはまだ八歳でしたが、この舞台で「十五夜お月さん」を歌い、大喝采を受けました。アンコールは「四丁目の犬」です。翌日に開かれた「金の船」主宰の童謡音楽会でも、「十五夜お月さん」が歌われました。翌年には、レコードデビューもはたしています。

こうして、雨情の童謡は雑誌や童謡集ばかりでなく、舞台や当時のニューメディアであったレコードやラジオにのって、広く人びとの間に浸透していきます。

本居は山田耕筰との折りあいが悪かったためか、「赤い鳥」の童謡にはあまり曲をつけていません。そのかわり、雑誌「童話」や「金の船」などに多くの名作を残します。これは「金の船」を主な発表の舞台にしていた雨情にとって、幸運なことでした。

ちなみに、国語学者で、本居の弟子でもあった金田一春彦が、草創期のラジオ番組で放送された童謡について調査をしたことがあります。調査の対象は、一九二五（大14）年に日本でラジオ放送が開始されてから六年間の《子供の時間》という番組です。

すると、雨情の童謡が一番多く、白秋の童謡がそれに次ぐという結果がでました。創った童謡の数では白秋のほうが多いけれども、メロディーにのせて歌われた童謡は雨情のほうが多い、というのです。雨情の童謡は歌われることを通して親しまれていった――といっても、決していいすぎではないような気がします。

第三童謡集の『蛍の燈台』は、一九二六（大15）年六月に新潮社からでています。「金の船」や「金の星」に発表した童謡が収録されているのは当然として、「コドモノクニ」や「少年倶楽部」などに発表した童謡も多く収録されました。表題作のほか、「雨降りお月さん」や「兎のダンス」など、中山晋平とのコンビによる童謡がめだつようになってきます。

雨情と晋平のコンビといえば、どうしても新民謡との関係について触れないわけにはいきません。

山の上から、チョイと出たお月
誰を待つのか、待たれるか
　ヤ、カッタカタノタ
　　ソリヤ、カッタカタノタ。

これは「須坂小唄」の出だしです。歌詞は『波浮の港』によりました。

この唄は雨情・晋平のコンビが初めて創った新民謡で、本来は長野県須坂の製糸工場で働く女工さんたちのために、製糸会社からの依頼で創られたものです。舞踊家の藤間静枝が振りつけをし、人気歌手の佐藤千夜子がレコードに吹き込みましたから、信州のみならず全国的なヒット曲になりました。新民謡が大流行するきっかけをつくった唄だ、といわれています。

「ヤ、カッタカタノタ／ソリャ、カッタカタノタ。」という囃子《はやし》ことばがたいへん効果的です。これは現地を訪れた雨情と晋平が、製糸工場の機械音から思いついたのだそうです。

晋平は出世作「カチューシャの唄」（島村抱月&相馬御風・作詞）で、原詩になかった「ララ」を挿入して成功しました。囃子ことばを織り込むことが得意なのです。ですから、雨情とのコンビでも、「ソソラ ソラ ソラ兎のダンス／タラッタ ラッタ ラッタ／ラッタ ラッタ ラッタ ラ…」の「兎のダンス」のように、囃子ことばをうまく活かしています。

童謡集に収録されなかった童謡にも、雨情と晋平のコンビのものには囃子ことばが多用されています。「蛙《かわず》の夜廻《よまわ》り」の「蛙の夜廻りガッコ〳〵ゲッコピョンピョン…」や、「證城寺の狸囃」の「證、證、證城寺…」「…ぽんぽこぽんのぽん」、「ペタコ」の「はりゃんりゃかりゃんの／りゃんりゃんりゃん…」など、数えあげればきりがありません。

第四童謡集は『朝おき雀』です。

立て続けに出版された三冊の童謡集とはかなり時期が離れて、一九四三（昭18）年二月に東京の鶴書房から刊行されました。最晩年の時期の童謡集です。

戦時中の童謡集にもかかわらず、それほど戦時色がみられません。もちろん、当時のことですから、雨情も右翼団体の要請に応えて各地を講演旅行したり、戦意高揚の唄を創ったりしています。しかし、晩年は病気療養中であったにせよ、白秋や八十ほど多くの戦時色の濃い童謡や少年詩は創っていません。

今西行《いまさいぎょう》が往《い》く

雨情の童謡の特徴は、地方の豊かな自然や田園生活を歌いあげた郷土童謡にあります。

——自然に直面し、自然と握手することの出来る心は、永遠の児童性であり、童心であります。

童謡集『蛍の燈台』（一九二六 新潮社）の自序「著者より」で、雨情は郷土童謡の理念について、このように書いています。大正期の童謡は《童心》という理想に基礎を置いていました。童心とは、おとなにも子どもにも存在する純真無垢《むく》な心のことです。雨情の場合には、郷土の自然すなわち《土》と触れあうことによって童心が育まれ純化されるのだ、と考えたようです。

ところが、「赤い鳥」は共通語主義に基づく雑誌でした。原則として地方語は否定されてしまいます。しかし、幸いなことに後発雑誌である「童話」や「金の船」では、地方色豊かな童謡・童話・投稿作文などが積極的に採用されました。雨情の童謡は「金の船」（のち「金の星」）という発表舞台があってこそ、その特徴をフルに発揮することができたといえるでしょう。

また、雨情は「金の船」（のち「金の星」）で、子どもたちやアマチュアの童謡詩人から寄せられた

台湾の旅行先にて。前列中央左より佐藤千夜子、雨情、中山晋平（昭和２年）

投稿童謡の選者を務めました。全国各地を講演旅行して、童謡運動のための普及活動もおこなっています。

童謡ばかりではありません。新民謡と呼ばれた創作民謡についても、普及活動に精進しました。そもそも、雨情は童謡と創作民謡の間に厳密な区別を設けていませんでしたから、これらの活動は表裏一体のものであった、というべきでしょう。

たとえば、一九二二（大11）年一一月のこと、雨情は大阪へ講演旅行にでかけました。

このとき、《楽浪園》という関西で活動していた音楽家などのグループと知りあいます。そして、すっかり意気投合すると、自分のほうから加入を申し込んだのです。この団体の中心的なメンバーが、音楽家の権藤円立《ごんどうえんりゅう》や藤井清水でした。

雨情と楽浪園の人びとは講演と演奏の会を各地で開催し、国土にねざした土の匂いのする童謡と民謡の普及に努めます。やがて、権藤と藤井は上京し、活躍の場を中央に拡げました。

こうした経緯などもあって、雨情は全国各地を歩きました。植民地であった台湾や朝鮮、満洲にまで足をのばしています。全国を行脚した中世の歌人・西行法師になぞらえて、《今西行》と呼ばれたほどでした。

雨情は一九二四（大13）年三月に当時は北多摩郡武蔵野村といったいまの東京都武蔵野市吉祥寺に移り住むと、長かった放浪生活にようやく終止符をうち、この地に腰をすえます。吉祥寺の家は自分で図面をひいたり、庭に植える樹木にも気を配ったりして、凝ったつくりでした。別棟の書斎は《童心居》と名づけられ、各地への旅のあいまにここで詩作にふけりました。

しかし、第二次大戦がはじまり戦局が悪化すると、この地にも戦禍が迫ってきます。

そこで、一九四四（昭19）年の一月には、栃木県河内郡姿川村鶴田（現・宇都宮市鶴田）へ疎開することになりました。つる夫人の父親がちかくの鹿沼に居住していたことから、吉祥寺の家を処分してここに家屋敷と田畑を購入することに決めたようです。

そして、翌一九四五（昭20）年一月二七日、疎開先で生涯を終えました。

その頃、磯原の野口家には雨情の先妻・ひろたちが居住していました。

そこで、一月三〇日に鶴田で告別式をおこない、さらに三月二八日に磯原でも葬儀をおこないました。戦争末期という時節が寂しい葬儀であった、ということです。
いまでも磯原の野口邸は健在で、茨城県の史跡に指定されています。
吉祥寺の童心居は井の頭自然文化園内に移築され、当時の面影をとどめています。

己《おれ》は河原の 枯れ芒《すすき》

ここで、日本の演歌の原点といわれ、あまりにも有名な「船頭小唄」について触れておきましょう。二番までを紹介しておきます。歌詞は中山晋平の新作小唄第一三編『船頭小唄』（一九二一　山野楽器店）によりました。

己は河原の　枯れ芒
同じお前も　枯れ芒
どうせ二人は　この世《よ》では
花の咲かない　枯れ芒

死ぬも生きるも　ねーお前

水の流れに 何変《なにかわ》ろ
己もお前も 利根川の
船の船頭で 暮そうよ

この唄は演歌師と呼ばれた大道芸人たちが、書生節というスタイルでバイオリンを片手に歌いながら楽譜を売り歩いたことから、じわじわと流行しはじめました。これをみた京都のレコード会社のオリエントが、一九二二（大11）年九月に書生節のレコードを発売します。これを皮切りに、競うようにしてレコードへの吹き込みが続きました。初めブームは関西から火がつき、関東へも波及していきます。

一九二三（大12）年一月になると、この唄のイメージをもとにした映画「船頭小唄」（池田義信・監督／岩田祐吉・栗島すみ子／主演）が封切られました。主演女優の栗島すみ子が吹き込んだレコード「船頭小唄 枯れすすき劇」は、売りだし後、二〇日足らずで一〇万部を売りあげるという大ヒットになります。

それにしても、なんとも哀しく寂しく頽廃的なムードにあふれた歌詞やメロディーでした。

この年の九月一日のことです。

関東大震災が発生して、東京や横浜などの諸都市が焼け野原になりました。

すると、「船頭小唄」があまりにも暗い世相を予感させるような唄であったことから、《こんな亡国的な唄がはやるから震災が起きたのだ》とか《枯れ芒は焼け野原のことだ》とか、不当ないいがかりをつけられました。幸田露伴も、震災後の一〇月二日から三日間にわたって「東京日日新聞」に「震は享《とお》る」という文を載せ、このなかで《歌詞曲譜はともに卑弱《ひじゃく》哀傷《あいしょう》で人びとに厭悪《えんお》の念をいだかせた》という意味の感想を書いているほどです。

このときのことをひどく気にした晋平は、以後、レコードに吹き込むことを承知しなかったそうです。この唄がリバイバルヒットしたのは晋平の没後のことでした。一九五七（昭32）年封切の映画「雨情」のなかで、雨情に扮した森繁久彌が歌いました。森繁が吹き込んだレコードも発売されました。

ところで、雨情が「船頭小唄」の原型を創るのは、一九一九（大8）年ごろのことだ、といわれています。

水戸に住んでなんとか中央文壇へ進出しようと、足がかりを模索していた頃の作で、水郷として知られる茨城県の潮来《いたこ》を舞台にした新民謡として創りました。失意と焦燥にかられながら、自らの心境を叩きつけるように歌い込めています。

この唄は原題を「枯れすすき」といったようで、雨情はこれを自ら中山晋平のところに持ち込んで、作曲を依頼しました。

ところが、あまりの暗さに、晋平は作曲にとりかかることができません。

雨情がいくら待っても、催促しても曲ができませんでした。しびれをきらして晋平のもとを訪ねると、晋平は正直にその理由を語りました。

そのときです。

「おーれーはー、かわら～の…」と、雨情が歌いはじめました。

このときのメロディーを晋平は採譜しています。それはいま知られているメロディーの「船頭小唄」とは大きくちがって、雨情に独特のメロディーでした。

もともと、雨情は自作の詩を創るときには独特のメロディーで歌いあげていたようです。また、講演や宴会などでも、よく自作を歌いました。ただ、なにを歌っても、どれもみな同じに聴こえてしまうところが、いかにも雨情らしいところです。

雨情はこれを《自由独唱》と名づけていましたが、まわりの人たちは《雨情節》と呼んでいました。

――雨情節に近いメロディーをあの唄にあしらったら、肌ざわりがまるで違ったものになったろう。ただ、おそらく、誰も歌ってはくれなかったろう。

のちに、晋平はおおよそこのような意味のことを語ったのだそうです。

これを《酷評》といえばたしかにそうです。しかし、土臭い雨情節の独特の魅力を晋平なりに認めた表現なのかもしれません。晋平は雨情節を聴かされてからまもなく、「船頭小唄」を仕上げているのですから…

「船頭小唄」をめぐる雨情節のエピソードは、わたしたちに雨情が童謡の《調子》を重視したことを連想させてくれます。

――彼は、道を歩くにも、電車の中でも、絶えず口の中で口誦している。数十回数百遍、口中に推敲した後に於て、漸く一篇の詩が生れるのである。

雨情の友人でジャーナリストの久木東海男《くきとみお》（別名・水府楼学人《すいふろうがくじん》）は、雑誌「現代」の一九二二（大11）年七月号で、このように回想しています。

雨情が久木の家を訪ねたときには、《燕の母《かか》さん、洒落《しゃれ》母さん…》と数百回も吟誦《ぎんしょう》（詩歌に節をつけて歌うこと）しながら童謡を創ったので、久木家の人たちは驚きました。のちにこの童謡は「燕」というタイトルで童謡集『十五夜お月さん』に収録されています。

このように雨情は何度も繰りかえして吟誦しながら調子を整えたのです。

――童謡は、童心から生れる言葉の音楽であります。童心から生れる言葉の音楽が、芸術的価値があったならば、童謡と言うことが出来ます。

これは先に紹介した『蛍の燈台』の自序の一節です。ここから、雨情の重視した調子の意味がおおよそ理解していただけるでしょう。

土から生まれた自然な音楽性に裏づけられた言葉の音楽であること――これこそが、雨情童謡の本質でした。そこに雨情童謡の価値があり、いまも人びとに愛し続けられている理由があったように思うのです。

また、雨情はつるとの間の息子である存彌に、こんな意味のことを言い聴かせていたそうです。

——詩というものは、それを書いた人の名前は忘れられ、その詩だけが残った時、初めてほんとうのものになる。

土から生まれた童謡や民謡は、やがて土に還るということでしょうか。伝承わらべ唄や伝承民謡には、特定の作者というものがありません。考えてみれば、「己は河原の 枯れ芒…」はたいへん含蓄のある詩句です。

——オレは名もない枯れススキだ。土に還った童謡や民謡は作者の名が忘れられても、子どもたちや民衆の間で永遠に歌い継がれていくだろう。

そんな雨情の自信と自負について、よくよく噛みしめてみたいものです。

【年譜】

年代	雨情の身辺	社会や文化の動き
一八八二（明15）年 0歳	五月二九日、茨城県多賀郡北中郷村磯原（現・北茨城市）に、父・量平と母・てるの長男として誕生し、英吉［えいきち］と命名される。	一〇月、東京専門学校（現・早大）が開校。この年、小川未明・生田長江・斎藤茂吉・鈴木三重吉が誕生。
一八八五（明18）年 3歳		一月、北原白秋が誕生。一二月、内閣制度が発足。
一八八九（明22）年 7歳	四月、村立磯原尋常小学校に入学。	二月、大日本帝国憲法発布。
一八九二（明25）年 10歳		一月、西條八十が誕生。この年、天然痘が大流行。
一八九三（明26）年 11歳	四月、組合立豊田高等小学校に入学。	三月、大阪・神戸で電話が開通。
一八九七（明30）年 15歳	四月、上京。伯父・野口勝一（号・北巌）の小石川の家に寄留して、神田の東京数学院尋常中学（現・東京高等学校）に入学。	一月、「ホトトギス」創刊。

一八九九（明32）年 17歳
四月、神田の順天求合社中学校（現・順天高等学校）の三年に編入学するが、一二月に中退。六月、父・量平が村長に就任。
六月、東京・浅草に蓄音器販売専門店の三光堂が開業。八月、森永太一郎が東京・赤坂で洋菓子の製造をはじめ、森永製菓の前身となる。一二月、田中正造が天皇に直訴。

一九〇一（明34）年 19歳
四月、東京専門学校（現・早大）高等予科に入学し、坪内逍遙の教えを受ける。同級に鈴木善太郎・小川未明など。

一九〇二（明35）年 20歳
五月、東京専門学校中退。この頃、「小天地」「少国民」「婦人と子ども」「文庫」「労働世界」ほかに散文や韻文を寄稿。
一月、日英同盟締結。

一九〇四（明37）年 22歳
一月、父・量平の死去のため帰郷。一一月、高塩ひろと結婚。
二月、日露戦争開戦。

一九〇五（明38）年 23歳
三月、民謡集『枯草』を刊行。五月から長詩「野の誓」などを「スケッチ」に掲載。
五月、日本海海戦。

一九〇六（明39）年 24歳
三月、長男・雅夫が誕生。夏ごろ、新領土の南樺太に渡航。一一月、事業に失敗して上京。
六月、南満洲鉄道設立。九月、「少女世界」創刊。

一九〇七（明40）年 25歳
一月から民謡集『朝花夜花』を第三編まで刊行。三月、小川未明の家に寄留。未明の紹介で相馬御風・三木露風などと早稲田詩社の結成に参加。五月、札幌の「北鳴新聞」記者になる。
三月、小学校令改正（小学校六年制）。七月、国産レコード盤の試作成功。

九月、石川啄木と知りあう。以後は「小樽日報」の創刊に参加するなどして、北海道の新聞社を渡り歩く。

一九〇八（明41）年 26歳

三月、長女・みどりが生後まもなく死去。

一〇月、赤い円筒形郵便ポストが制定される。

一九〇九（明42）年 27歳

一一月、「北海旭新聞」記者を最後に北海道からいったん帰郷し、さらに上京。

一月、「日本少年」創刊。五～九月ごろ、日本蓄音器商会（のち日本コロムビア）が設立され、国産レコード盤の製造を開始。

一九一〇（明43）年 28歳

この頃、有楽社へ入社して「グラヒック」誌の編集に従事。「ハガキ文学」「新小説」などにも寄稿。

五月、ハレー彗星が最接近し、地球滅亡のデマが拡がる。七月、『尋常小学読本唱歌』（文部省）発行。八月、日韓併合。一二月、日本における飛行機の初飛行。

一九一一（明44）年 29歳

八～九月、皇太子の北海道巡啓の際、記者団の一員として随行。九月、母・てる死去。一〇月、帰郷し家業の山林業や農業に従事。（翌年に帰郷したという説もある。）

一月、大逆事件で幸徳秋水らに死刑判決。五月、『尋常小学唱歌』（～一九一四　文部省）発行開始。この頃、カフェープランタンの開店をきっかけに、カフェー文化が盛んになる。

一九一二（明45・大1）年 30歳	この頃、漁業組合や消防団の役員を務める。	七月、明治天皇崩御。九月、日本活動写真（日活）設立。同月、乃木大将夫妻殉死。
一九一三（大2）年 31歳	二女・美晴子が誕生。	八月、レコード「お伽歌劇ドンブラコ」発売。
一九一四（大3）年 32歳		四月、宝塚少女歌劇団第一回公演。七月、第一次大戦開戦。
一九一五（大4）年 33歳	五月、妻・ひろと協議離婚。	八月、第一回全国中等学校野球大会（いまの高校野球）。
一九一七（大6）年 35歳	二児をつれて福島県湯本町の芸者置屋・柏屋に寄留。	三月、ロシア革命勃発。一一月、ソビエト政権樹立。
一九一八（大7）年 36歳	一月、「いはらき」新聞の文芸欄《木星》記念会に出席し、横瀬夜雨・山村暮鳥・大関五郎らとあう。一〇月、単身で水戸にでる。この頃、中里つると結婚。	七月、「赤い鳥」創刊。八月、シベリア出兵。同月、米騒動が全国に拡まる。一一月、武者小路実篤ら「新しき村」を開村。
一九一九（大8）年 37歳	三月、雑誌「茨城少年」の編集に従事。六月、民謡集『都会と田園』を刊行。八月、「田甫の上」を「おとぎの世界」に掲載。九月、「烏猫」を「こども雑誌」に掲載。同月、つるとの間の長女・香穂子が誕生。一一月、「鈴虫の鈴」	四月、「おとぎの世界」創刊。六月、日本最初の童謡音楽会開催。七月、「こども雑誌」創刊。一〇月、「小学男生」「小学女生」創刊。同月、レコード「茶目子の一日」発

売。同月、『「赤い鳥」童謡』叢書の刊行開始。一一月、「金の船」創刊。

一九二〇（大9）年 38歳
を「金の船」に掲載。この頃、中山晋平に「船頭小唄」（原題「枯れすすき」）の作曲を依頼。六月、単身上京して雑誌「金の船」の編集に従事。社主・斎藤佐次郎と親交を結ぶ。八月、巣鴨に居を構えて水戸から家族を呼びよせる。

一月、国際連盟設立。三～五月、尼港（ニコライエフスク）事件。四月、「童話」創刊。

一九二一（大10）年 39歳
二月、民謡集『別後』を刊行。六月、童謡集『十五夜お月さん』を刊行。一〇月、童謡「千代田のお城」を自書して澄宮殿下に献上。一一月、つるとの間の二女・恒子が誕生。一二月、評論集『童謡作法問答』を刊行。同月、長編童話『愛の歌』を刊行。

一月、少女歌手第一号の本居〔もとおり〕みどりが「十五夜お月さん」でレコードデビュー。

一九二二（大11）年 40歳
三月、評論集『童謡の作りやう』を刊行。九月、雨情の童謡や「金の星」の印刷物を飛行機から空中散布。一一月、藤井清水・権藤円立らの《楽浪園》に参加。

一月、「コドモノクニ」創刊。二月、ワシントン海軍軍縮条約調印。四月、「令女界」創刊。六月、「金の船」を「金の星」に改題。

一九二三（大12）年 41歳
三月、評論集『童謡十講』を刊行。五月、満鉄の招待で満洲を旅行。七月、評論集『童謡教育論』を刊行。一〇月、評論集『童謡と児童の教育』を刊行。

七月、日本航空設立。九月、関東大震災。

一九二四（大13）年 42歳
一月、「あの町この町」を「コドモノクニ」に掲載。同月、民謡集『極楽とんぼ』を刊行。同月、評論集『童謡作法講話』を刊行。三月、北多摩郡武蔵野村吉祥寺（現・東京都武蔵野市）に転居。五月、評論集『民謡と童謡の作りやう』を刊行。六月、童謡集『青い眼の人形』を刊行。七月、民謡集『雨情民謡百篇』を刊行。一二月、満鉄の招待で満洲・内蒙古を旅行。
六月、築地小劇場開場。

一九二五（大14）年 43歳
二月、民謡集『のきばすずめ』を刊行。同月、つるとの間の三女・千穂子が誕生。五月、葛原しげるらと日本作歌者協会、西條八十らと童謡詩人会の設立に参加。
三月、ラジオ放送開始。四月、治安維持法公布。五月、普通選挙法公布。

一九二六（大15・昭1）年 44歳
六月、民謡集『おさんだいしよさま』を刊行。同月、童謡集『蛍の燈台』を刊行。八月、「東京日日新聞」に民謡紀行の連載を開始。九月、北原白秋らと日本作歌協会の設立に参加。九～一〇月、満蒙を旅行。
一二月、大正天皇崩御。

一九二七（昭2）年 45歳
一月、『童謡かるた』を刊行。四月、台湾を旅行。八月、つるとの間の四女・美穂子が誕生。九月、「ペタコ」を「コドモノクニ」に掲載。
三月、青い眼の人形使節の歓迎式典。同月、金融恐慌はじまり、銀行倒産あいつぐ。

一九二八（昭3）年 46歳	一月、山田耕筰らと仏教音楽協会の設立に参加。二月、藤沢衛彦らと日本民謡協会の設立に参加。五月、『童謡読本』を監修・刊行。九月、評論集『児童文芸の使命』を刊行。	三月、三・一五事件。六月、張作霖爆死。
一九二九（昭4）年 47歳	二月、「上州小唄」を発表。一〇月、民謡集『波浮の港』を刊行。一一月、『全国民謡かるた』を刊行。	八月、文部省が学校で流行歌を禁止。一〇月、世界恐慌はじまる。
一九三〇（昭5）年 48歳	三月、「野口雨情自伝」を『現代詩人全集』（第11巻）に掲載。同月、つるとの間の長男・九万男が誕生。	四月、ロンドン海軍軍縮条約調印。
一九三一（昭6）年 49歳	四月、「西條氏の思ひ出」を「蠟人形」に掲載。八月、九万男が死去。同月、つるとの間の二男・存彌［のぶや］が誕生。	九月、満洲事変。
一九三二（昭7）年 50歳	六月、映画「旅は青空」（七月封切）の主題歌を作詞。	三月、満洲国建国。五月、五・一五事件。
一九三三（昭8）年 51歳	三月、日本歌謡協会の設立に参加。九月、つるとの間の五女・陽代が誕生。	三月、日本が国際連盟を脱退。
一九三四（昭9）年 52歳	二月から「よい童謡の作り方」を「幼年倶楽部」に連載。七月、満鉄の招待で満洲を旅行。	二月、映画館でニュース映画の定期上映はじまる。

一九三五（昭10）年 53歳 一〇月、つるとの間の六女・喜代子が誕生。

一九三六（昭11）年 54歳 八月、民謡集『草の花』を刊行。

一九三七（昭12）年 55歳 五～七月、朝鮮を旅行。一〇月、「叱られ〝證城寺〟」を『話のあるばむ』に掲載。

一九三八（昭13）年 56歳 六月、つるとの間の七女・恵代が誕生。一〇月、「札幌時代の石川啄木」を「現代」に掲載。

一九三九（昭14）年 57歳 一二月、台湾を旅行。

一九四〇（昭15）年 58歳 七～八月、北海道を旅行。。

一九四一（昭16）年 59歳 三月、「新児童文化」に「駒」ほかを掲載。この年、熊本県・鹿児島県を旅行。

九月、第一回芥川賞・直木賞。

二月、二・二六事件。六月、鈴木三重吉が死去。

七月、蘆溝橋事件。八月、上海事変。日中戦争拡大。

一〇月、内務省警保局「児童読物改善ニ関スル指示要綱」実施。

五月、ノモンハン事件。九月、ドイツがポーランドに侵攻し、第二次大戦開戦。

九月、日独伊三国同盟締結。

三月、国民学校令公布。同月、『ウタノホン 上』『うたのほん 下』発行（文部省）。音楽の教科書が完全国定化。一二月、太平洋戦争開戦。

一九四二（昭17）年　60歳　春、宮崎県を旅行。一一月、鳥取県を旅行。

一月、学徒出陣令。四月、日本本土に初空襲。六月、ミッドウェー海戦。一一月、北原白秋が死去。

一九四三（昭18）年　61歳　二月、童謡集『朝おき雀』を刊行。四月、山陰地方を旅行。九月、四国を旅行するが、病気のためこれが最後の旅行となる。

二月、ガダルカナル島撤退。同月、「撃ちてし止まむ」のポスター配布。六月、山本五十六元帥国葬。一〇月、学徒出陣壮行会。

一九四四（昭19）年　62歳　一月、栃木県河内郡姿川村鶴田（現・宇都宮市鶴田）に疎開。

六月、学童疎開を閣議決定。七月、サイパン島玉砕。

一九四五（昭20）年　63歳　一月二七日、永眠。同月、鶴田で告別式。三月、磯原で葬儀・埋骨。

三月、東京大空襲。四月、沖縄で地上戦開始。八月、広島・長崎に原爆。同月、ポツダム宣言受諾（敗戦）。

一九六六（昭41）年　三月、東京・小平霊園に埋骨。

（上田信道作成）

【索引】

〈あ〉

〈か〉

〈さ〉

【資料提供・協力】

野口存彌

竹久夢二美術館

柿沼 宏

【主要参考文献】

平輪光三『野口雨情』（一九五七 雄山閣出版）※日本図書センターより再刊

上笙一郎『童謡のふるさと 上・下』（一九六二 理論社）

藤田圭雄『日本童謡史Ⅰ・Ⅱ』（一九八五〜八四 あかね書房）

野口存彌編『定本野口雨情』全八巻及び補巻（一九九一〜九六 未来社）

古茂田信男『七つの子 野口雨情 歌のふるさと』（一九九二 大月書店）

野口存彌『大正児童文学』（一九九四 踏青社）

宮崎芳彦編・斎藤佐次郎著『斎藤佐次郎・児童文学史』（一九九六 金の星社）

東 道人『野口雨情 童謡の時代』（一九九九 踏青社）

滝沢典子『近代の童謡作家研究』（二〇〇〇 翰林書房）

会編『十五夜お月さん』（二〇〇二 社会思想社）

『謎とき 名作童謡の誕生』（二〇〇二 平凡社新書）

童謡ふしぎ物語』（二〇〇五 創元社）

編著者紹介

上田信道（うえだ・のぶみち）

大阪生まれ。児童文学研究家。日本児童文学学会、雨情会会員。大阪教育大学大学院修了後、大阪府立高校の教諭・大阪国際児童文学館主任専門員を経て、神戸親和女子大学非常勤講師など。

著書に『名作童謡 北原白秋100選』『名作童謡 西條八十100選』（春陽堂書店）、『名作童謡ふしぎ物語』（創元社）、『謎とき名作童謡の誕生』（平凡社新書）、『日本昔噺』（校訂解説・平凡社東洋文庫）、『現代日本児童文学選』（共著・森北出版）、『日本児童文学大事典』（共編著・大日本図書）など。

URL http://www.nob.internet.ne.jp

名作童謡 野口雨情100選

平成十七年十一月五日初版第一刷発行

著者 野口雨情
編著者 上田信道
発行者 和田佐知子
発行所 株式会社 春陽堂書店
郵便番号 一〇三―〇〇二七
東京都中央区日本橋三―四―十六
電話番号 〇三（三八一五）一六六六
URL http://www.shun-yo-do.co.jp
装幀 後藤 勉
印刷製本 有限会社 ラン印刷社

ISBN4-394-90235-5 C0092